Stefan hat Deutschland schon vor Jahrzehnten den Rücken gekehrt und lebt als Schreiner in Mali, er fühlt sich nahezu heimisch in Bamako unter seinen afrikanischen Freunden. Für einen der reichsten Männer der Stadt eine Küche anzufertigen, scheint ihm ein lukrativer Auftrag, doch dann begegnet er dessen Frau und verliebt sich auf der Stelle – was Folgen hat! Denn Fatoumata ist, wenn auch unfreiwillig, in die Kunstschiebergeschäfte ihres Ehemanns verwickelt.
In München ermittelt Oberstaatsanwalt Dr. Ludwig Höfl wegen der Einfuhr geraubter Kulturgüter aus Afrika und lässt den Galeristen Philipp Laube hochgehen, der eine heilige Maske des Dogon-Volkes für seine Galerie »Dialog der Kulturen« ergattert hatte. Ausgerechnet Fatoumata wird als Vermittlerin eingesetzt...
Mit ironischer Fabulierlust spannt Christof Wackernagel einen Bogen von Bamako nach München – es geht um Kunstraub, eine BKA-Fahnderin, Wirrnisse der Liebe und Kulturaustausch mit reichlich Missverständnissen. Ein Roman mit viel Lokalkolorit, voller überraschender und dramatischer Wendungen, in dem nichts so ist, wie es scheint, und Flüche von Dogon-Zauberern zuweilen sehr ähnliche Wirkungen haben wie deutsche Gründlichkeit und Bürokratie.

Christof Wackernagel, geb. 1951 in Ulm, Jugend und Kindheit in München. Schauspieler und Schriftsteller, lebt seit 2003 in Bamako, Mali. Neben Film- und Fernsehrollen auch Hörspielautor und Theater-Dramaturg sowie seit 1982 diverse Buchveröffentlichungen.

CHRISTOF WACKERNAGEL

DER FLUCH DER DOGON

KRIMINALROMAN

EDITION NAUTILUS

Edition Nautilus Verlag Lutz Schulenburg
Schützenstraße 49 a · D-22761 Hamburg
www.edition-nautilus.de

Originalveröffentlichung · Erstausgabe Februar 2012
Umschlaggestaltung: Maja Bechert, Hamburg
www.majabechert.de
Autorenfoto Seite 2: © Felix Artmann
Druck und Bindung: Friedrich Pustet, Regensburg
1. Auflage
Print · ISBN 978-3-89401-749-1
eBook · ISBN 978-3-86438-064-8 (ePub)
ISBN 978-3-86438-065-5 (PDF)

Teil I

Die Verschiebung

Die Nachmittagssonne flimmerte verschwommen über der Rue Nelson Mandela in Bamakos Stadtteil Hippodrome. Obwohl bereits der Feierabendverkehr eingesetzt hatte und zahlreiche Mopeds und Motorräder über den Asphalt rollten, vor allem die schicken *Djakartas* mit ihren noch schickeren Fahrerinnen, deren schwarze Haare im Wind wehten, und die, fest den Lenker umklammernd, in der einen Hand auch noch ihr Täschchen, in der anderen ihr Handy hielten; obwohl bereits viele grün bemalte Minibusse des Nahverkehrs mit ihrem schwarzen Auspuffqualm den vom ständigen Wind hochgewirbelten feinen Sandstaub zu einer Smogmischung verdichteten, die bei Anwendung deutscher Feinstaubverordnungen für Großstädte zur sofortigen Einstellung des gesamten Verkehrs geführt hätten; und obwohl bereits fabrikneue Luxuslimousinen neben verbeulten Schrottmühlen das Ganze zu einer einzigen Schlange machten, die nur noch träge vor sich hin kroch, fegte ungerührt von alldem eine Putzkolonne von fünf Arbeitern und Arbeiterinnen den Straßenrand und erhöhte damit die Unfallgefahr der sich halsbrecherisch zwischen den Autos durchschlängelnden Mopeds und Motorräder, im Volksmund *motos* genannt.

Die Arbeiter trugen allesamt eine blassblaue, orange gesäumte, sackartige Arbeitsuniform, dunkelblauen Mundschutz, wie man ihn auf den Nachtflügen nach Bamako von den Flugbegleitern als Augenschutz bekam, und kehrten mit dicken, feinfaserigen Reisigbüscheln, die mit Draht am unteren Ende ihrer Besenstangen befestigt waren. Sie wirbelten den Sand und Staub der Straße damit mehr auf, als dass sie ihn auf kleine Häufchen zusammentrugen, die von den immer wieder heftig aufbrausenden Windböen oft schon abgetragen waren, bevor die beiden der Kolonne folgenden Kollegen die übrig gebliebenen Häuflein Staub mit Schaufeln in ihre Eimer verfrachten konnten. Auch wenn ihre Münder verdeckt waren, konnte man doch in den Augen dieser sanften Enkel des Sisyphus ein mildes Lächeln erkennen – als ob die ganze Hektik der Rushhour nur eine neuzeitliche Geistererscheinung sei.

Die Rue Nelson Mandela wird von der Rue Danfaga gekreuzt, stadtauswärts holpriger roter Sandstein, stadteinwärts bereits asphaltiert; dort ist sie von prächtigen Villen gesäumt, zwischen denen sich der *Supermarché Miniprix* angesiedelt hatte, um den herum Frauen an Ständen Gemüse und Obst der Saison feilbieten.

Direkt neben der Kreuzung hatte sich der Taxistand der *Coopération Taxi Hippodrome* installiert, deren Mitglieder meist unter einem Zeltdach mit dem Kooperationslogo Dame oder Karten spielten, während sie auf Kunden warteten; im weiteren Verlauf der Straße hatten verschiedene Handwerker ihre Werkstätten eingerichtet, Schlosser, *moto*-Reparateure, Reifenhändler oder Schneider, die alle entweder bei offener Tür oder am Straßenrand unter einem Sonnendach arbeiteten. Zwischen einer Bude, in der man frisches, den ganzen Tag auf einem Holzkohleofen vor sich hin schmorendes Lammfleisch auf die Hand kaufen konnte, und der eines Herrenfriseurs, der mit einem handgemalten Portrait des amerikanischen Präsidenten Barack Obama für sich warb und in erster Linie mit seiner Schneidemaschine Glatzen schnitt, fand sich eine kleine Schreinerei mit dem Namen *Menuiserie d'espoir*, Schreinerei der Hoffnung.

Auch wenn dieser Name allgegenwärtig war – als *Pharmacie d'espoir*, *Boulangerie d'espoir* oder gar *Cabine de téléphone d'espoir* –, unterschied diese Schreinerei sich von den Geschäften der Umgebung: Ihr Chef war ein Weißer; schlank, etwa ein Meter achtzig groß, fast kahlköpfig, braun gebrannt, aber eben weiß. Zwar trug er die landesübliche Kleidung – leichte, luftig geschnittene Baumwollstoffe mit den für Mali typischen Zeichenaufdrucken – und arbeitete wie die Kollegen um ihn herum an alten Maschinen, stets umgeben von vielen, den hiesigen lange gekochten, starken grünen Tee trinkenden Leuten, stets begleitet von krächzender Radiomusik. Er fiel in seiner Umgebung niemandem mehr auf, aber oft genug hielten trotzdem Passanten oder gar Autos an und erkundigten sich, was es mit diesem Weißen für eine Bewandtnis habe. Sie waren schnell zufriedengestellt, wenn er ihnen in der Landessprache Bamanankan und auf die landesübliche zurückhaltende, fast barsche Art erklärt hatte, dass er diese Arbeit mache, weil er sie liebe, und dass er sie hier mache, weil er dieses Land liebe – und wenn er dann noch hinzufügte, dass er zwar als Stefan hierher gekommen sei, sein malischer Name aber nun Madou Diarra sei, lachten sie herzlich, gaben ihm, weit ausholend, die Handflächen laut klatschend aneinanderschlagend die Hand und zogen weiter.

Er stellte gerade seine Kreissäge ab, weil ein junger Mann ihn angesprochen hatte.

»Was ist los?«, fragte er, während er sich die Hände mit einem Lappen abwischte.

»Es ist tot«, sagte der junge Mann.

»Oh«, Stefan seufzte und sah auf seine Uhr. »Herzliches Beileid«, setzte er hinzu.

Der junge Mann blieb weiter bedrückt vor ihm stehen.

Stefan sah auf die Kreissäge und fuhr sich mit der Hand über den Kopf. »Wir haben jetzt eigentlich den Termin bei Wueleguem«, sagte er.

Der junge Mann schüttelte den Kopf.

»Okay«, seufzte Stefan, »dann muss er halt warten.«

»Solo«, rief er in Richtung des Büros der Schreinerei, »bring mir den Autoschlüssel!«

Kurz darauf erschien Solo in der Tür des Büros, ein derart dunkelhäutiger junger Mann, dass sein Gesicht wie ein schwarzes Loch wirkte, aus dem ab und zu die weißen Zähne blinkten, wenn er lachte oder etwas sagte. Nachdem er erfahren hatte, dass das Neugeborene von Abdulaj Sissoko gestorben war, tauschten die beiden Beileidsfloskeln aus, deren monotones Aufsagen dem Ernst der Situation entsprach wie auch der Umstand, dass sie sich dabei nicht in die Augen blickten.

Inzwischen hatte Stefan am Steuer des vierradangetriebenen Pick-ups mit der Aufschrift *Menuiserie d'espoir*, der auf der anderen Straßenseite im Schatten stand, Platz genommen und startete den Wagen, sobald Abdulaj eingestiegen war.

Der Alte

Am Hang eines Berges im Dogonland trat ein junger Mann in eleganten Jeans und einem roten T-Shirt mit Krokodilslogo zwischen den Tüchern der Türöffnung einer der fast völlig verlassenen traditionellen Höhlenwohnungen auf den davorliegenden Absatz; von der Nachmittagssonne geblendet, kniff er die Augen zusammen, dann setzte er seine Sonnenbrille auf und eilte den Hang hinunter, ohne auf die überwältigende Schönheit der sich vor ihm ausbreitenden Landschaft auch nur einen Seitenblick zu verschwenden. Ihm folgte ein in dunkle, mit magischen Zeichen bedruckte Baumwolltücher gekleideter alter Mann, der reglos vor dem Eingang stehen blieb und dem Davoneilenden nachblickte. Es war der Hogon, der Hellseher, Zauberer, Magier des Stammes. Der letzte Dogon, der noch in den Höhlenwohnungen lebte.

Am Fuße des Berges stand am Rand eines Dogon-Dorfes im Schatten eines knorrigen Baobab-Baumes, der aussah wie ein versteinerter Rauchzeichengeist, ein schwarzlackiert funkelnder Van der Marke Hummer, ein kleiner Luxuspanzer mit schwarz getönten Fenstern. Als der junge Mann den Wagen erreicht hatte, öffnete er die Tür, sah sich aber noch einmal um und entdeckte den Alten vor der Höhle. Dann schwang er sich auf den Fahrersitz und knallte die Tür zu.

Auf dem Beifahrersitz saß eine junge Frau. Sie trug ein knielanges, knapp sitzendes italienisches Markenkleid mit Spaghettiträgern, goldene Ringe, große, kreisrunde Ohrgehänge und Armreifen und langstielige Stöckelschuhe. Ihr Gesicht war maskenhaft geschminkt: silbern schimmernde Wangen, groß geschwungene Augenbrauen und grellrote Lippen.

»Und?«, fragte sie.

Der junge Mann zuckte mit den Achseln, während er eine Zigarette aus einer roten Schachtel mit goldenem Aufdruck fingerte. »Er begreift das nicht«, antwortete er, steckte sich die Zigarette zwischen die Lippen und suchte mit fahrigen Bewegungen in seinen Hosentaschen nach einem Feuerzeug.

Nach einer Weile löste die junge Frau ihre übereinandergeschlagenen Beine, beugte sich vor, öffnete das Handschuhfach, entnahm ein Feuerzeug und reichte ihm die Flamme. Gierig sog er mit der Zigarette daran, nahm einen tiefen Zug, lehnte sich in seinen Sitz und blies den Rauch aus. Die junge Frau drückte den Knopf für den Fensterheber, was aber dazu führte, dass der Rauch an ihrem Kopf vorbei aus dem Wagen zog und sie zum Husten brachte.

»Ein alter Mann!«, sagte er und machte dazu ein Gesicht, das spöttisch wirken sollte, aber eher schief verzogen geriet.

Sie schlug ihre Beine wieder übereinander und lehnte sich ebenfalls zurück.

»Was hat er gesagt?«, fragte sie in einem Ton, als drohte sie zu ersticken.

»Tsch!«, machte der junge Mann. »Du weißt selbst, dass der Hogon nie etwas sagt! Aber ich habe ihn trotzdem verstanden«, grinste er schief. »›Ihr werdet schon sehen‹, hat er gedroht.«

Nun verschränkte die junge Frau ihre Arme, und ihre Maske versteinerte: »Das ist nicht gut.«

»Tsch!« Der junge Mann ließ den Motor an, schob den Schalter für die Gangautomatik auf »Fahrt« und ließ den Wagen langsam anrollen.

»Die Zeiten sind vorbei«, sagte er, während er den Wagen auf die Piste dorfauswärts steuerte.

Die Maske wandte sich in seine Richtung, und ihr Blick landete auf dem silbernen Ring an seiner rechten Hand, aus dem eine runde Erhöhung von einem halben Zentimeter Durchmesser ragte. Ihre Mundwinkel zuckten verächtlich. Dann setzte sie eine Sonnenbrille französischen Luxusdesigns auf und wandte ihren Blick wieder der Straße zu.

Der junge Mann ließ sein Fenster herab und der Wagen nahm Geschwindigkeit auf, soweit das bei der unebenen Piste möglich war. »Wir haben, was wir brauchen«, sagte er schließlich und deutete mit seinem Kopf zum hinteren Teil des Wagens. »Was wollen wir mehr.«

Der Hogon sah dem sich entfernenden Wagen nach, bis der in der hinter ihm aufwirbelnden Staubwolke verschwunden war. Aus dem Dorf drang das trompetenartige

»I-ahhh« eines Esels zu ihm hoch. Er öffnete die Vorhänge der Türöffnung und trat ein.

Am hinteren Ende des Höhlenzimmers lag eine Matte, auf die er sich mit Blick in Richtung der Tür setzte. In diesem Moment erschien ein Salamander unter dem Türvorhang, nickte ihm zu und verschwand. Er nickte ebenfalls, traurig.

Die Trompetenstöße der Esel von Bandiagara hallten wie eine unumkehrbare Bekräftigung über das weite Dogonland, das von der untergehenden Sonne in ein Goldbad getaucht wurde.

Eines von Vielen

Die nicht asphaltierten Straßen des Stadtteils Banconi waren so eng und steinig, dass der Pick-up der *Menuiserie d'espoir* nur in Schrittgeschwindigkeit darüberholpern konnte, abgesehen davon, dass ständig kleine nackte Kinder über die Straße rannten, nebst Hühnern, Ziegen, Schafen, Eseln und Hunden, größere Kinder, die ein verdrecktes Fetzchen anhatten, Ball spielten, ohne sich dabei im Geringsten um irgendwelche Fahrzeuge zu kümmern. Auch die mitten auf der Straße flanierenden Fußgänger machten erst in allerletzter Sekunde Anstalten auszuweichen, wenn ein Auto auftauchte.

Hier waren weit und breit keine prächtigen Villen zu entdecken, im Gegenteil, die meisten Häuser hatten nur Blechdächer, die wenigsten waren verputzt, viele Umfassungsmauern verfallen. Etwa die Hälfte der Häuser war nicht mit den ansonsten üblichen modernen Zementziegeln gebaut, sondern noch mit althergebrachten Lehmziegeln, die nach jeder Regenzeit erneuert werden mussten, da das Gebäude sonst in wenigen Jahren weggeschwemmt würde. Da sich viele solch eine Renovierung nicht leisten konnten, verfiel so manches Haus, dessen Bewohner sich eine andere Unterkunft suchten. Einige Grundstücke hatten eigene Brunnen, die wenigsten Leitungswasser, aber an zentralen Stellen des Quartiers fanden sich öffentlich zugängliche

Wasserhähne, an denen für wenig Geld stark gechlortes Trinkwasser gekauft werden konnte.

Als ein Zeltdach an der Straße in Sicht kam, unter dem Blechstühle aus Eisenrohren aufgestellt waren, hielt der Wagen an, und die beiden Insassen stiegen aus. Auf den Stühlen saßen Männer und Jugendliche, aber kaum jemand redete. Sie sahen schweigend vor sich hin.

Stefan und Abdulaj grüßten nur mit einem leichten Kopfnicken und gingen durch das geöffnete Tor auf den dahinterliegenden Hof, in dem ein alter Mangobaum stand, der weitflächig Schatten spendete. In dessen Ecke war ein großer Topf auf drei Steinen platziert, unter dem Holzscheite glühten und in dem ein Hirsebrei köchelte; in der Mitte des Hofes war ein Brunnen zu sehen, Leitungswasser gab es nicht. Das Haus war mit traditionellen Lehmziegeln gebaut, aber in gutem Zustand, und über der Tür waren Zeichen gegen übelwollende Geister eingraviert.

Stefan streifte seine Schuhe ab, bevor er den Eingangsbereich betrat, in dessen Mitte das tote Kind lag und in dem schweigende Frauen saßen; eine ältere, neben dem Kind auf dem Boden sitzende Frau sprach ab und zu gute Wünsche ausdrückende Formeln für das verstorbene Kind, die von den anderen im Chor mit »Amina« beantwortet wurden. Die Gesichter wirkten emotionslos, starr, was aber das Ausmaß der Betroffenheit ausdrückte.

Stefan verweilte eine Weile stehend unter ihnen und stimmte in den Chor ein. Dann ging er zur Mutter des Kindes, sprach ihr sein Beileid aus, gab ihr eine Geldnote in Höhe von 2000 westafrikanischen Francs, was etwa drei Euro entsprach, und verließ den Raum wieder.

Draußen setzte er sich zu den Männern und fragte Abdulaj, wer das Kind zuletzt behandelt habe. Abdulaj antwortete nicht und sah an ihm vorbei.

»Wart ihr bei einem Marabout?«, fragte Stefan ärgerlich, einem der selbst ernannten Heiler, die sich auf die traditionelle afrikanische Medizin beriefen, in der Mehrzahl aber Quacksalber und Betrüger waren. Abdulaj schüttelte den Kopf.

»Ihr habt doch nicht etwa Medikamente von einem

Straßenhändler gekauft?«, setzte Stefan sein Verhör fort; Männer und Frauen, die ihre Ware oft tage- oder wochenlang auf dem Kopf in der glühenden Sonne herumtrugen und Tabletten, auch stärkste Antibiotika, einzeln anboten, ohne Verpackung, gänzlich unberührt von der Frage nach dem Ablaufdatum.

Abdulaj sah schweigend zu Boden.

»Das darf doch nicht wahr sein«, erregte sich Stefan, »ich habe dir doch tausendmal erklärt, dass du damit alles nur viel schlimmer machst!«

Missbilligende Blicke trafen ihn.

»Die Apotheke ist zu teuer«, sagte Abdulaj leise.

»Du weißt doch, dass ich dafür immer…«, brauste Stefan kurz auf, brach ab, sah auf die anderen, die stumm vor sich hin schauten, legte sein Kinn in die Hände, die Arme auf den Knien aufgestützt, und schloss sich den anderen in ihrem Schweigen an; es war ohnehin zu spät.

Ein erster Gebetsrufer trat in Aktion, aber weil Freitag war, verkündete er nicht den üblichen Appell, sondern sang eine traurig-tröstliche Melodie, die beruhigend durch die Straßen waberte.

Dialog der Kulturen

Um diese Zeit war in der bayerischen Landeshauptstadt München die Sonne bereits untergegangen, erste Straßenlaternen blinkten im Zwielicht und glühten auf, bis sie ihre volle Leuchtkraft erreicht hatten. Oberstaatsanwalt Dr. Ludwig Höfl, ein untersetzter bayerischer Beamter wie aus dem Touristenprospekt geschnitten, Lodenmantel, Aktentasche und Hut mit Gamsbart, passierte wie an jedem Abend nach der Arbeit auf dem Weg zur U-Bahn-Haltestelle Marienplatz die an der Maximilianstraße residierende Galerie »Dialog der Kulturen«, wie immer ohne sie auch nur eines Blickes zu würdigen. Obwohl er schon unzählige Male an den Auslagen dieser Galerie vorbeigelaufen war, die zwischen einem Juweliergeschäft der teuersten Preisklasse und einem Möbelgeschäft mit italienischen Designerprodukten lag, ohne dass ihm irgendetwas aufgefallen wäre oder dass ihn irgendetwas daran interessiert hätte, geschah an diesem Tag etwas Merkwürdiges: Als ob seine Füße plötzlich schwer würden und ihm das Weitergehen versagten, kam er kaum einige Meter über das Schaufenster hinaus und blieb stehen, stutzte, ging schließlich, wie magisch angezogen, zur Auslage der Galerie zurück, und vertiefte sich in den Anblick der darin ausgestellten Objekte, Masken und Fetische aus dem westafrikanischen Dogonland, die mit hohläugiger Trauer in die Münchner Luxusmeile starrten, in deren Rushhour ausnahmslos glänzende Limousinen fast ohne jeden Feinstaubausstoß vorbeischnurrten.

»Eine jahrtausendealte Kultur grüßt unsere moderne Zivilisation«, blinkte es von einem darüberhängenden Spruchband, und kleine Preisschildchen meldeten bescheiden, dass man diese Kunstgegenstände für schlappe 750 000 Euro mit nach Hause nehmen konnte, eine Information, die Stirnrunzeln bei Dr. Ludwig Höfl auslöste.

»Bunter Mali-Tag am Samstag, den 9.10., in unserer Galerie«, kündigte ein weiteres Werbeplakat an, »Speisen und Getränke, Trachten und Volksmusik aus dem Herzen Westafrikas.«

Kurz darauf entrang sich seiner Brust ein Knurren. In diesem Moment stellte sich eine etwa sechzigjährige Dame neben ihn und fragte, seinen unwilligen Gesichtsausdruck bemerkend: »Gefällt's Ihnen nicht?«

Dr. Ludwig Höfl schüttelte den Kopf. »Ich find des geschmacklos, wie man so eine Geldschneiderei als ›Völkerverständigung‹ verkaufen kann«, erklärte er naserümpfend.

Die Dame lachte deutlich angetan auf. »Des tut ja gut, so was auch mal zu hören!« Sie sah Höfl neugierig an. »Wissens, ich arbeite beim Völkerkundemuseum, und mir tut des manchmal richtig weh, wie solche Kunstschätze bei der Münchner Schickeria landen, obwohl die überhaupt keine Ahnung von dem wahren Wert haben – bloß weil sie's zahlen können!«

Oberstaatsanwalt Dr. Ludwig Höfls Miene verfinsterte sich parallel zur einbrechenden Dunkelheit, er sah kurz einer die Maximilianstraße in Richtung Marienplatz fahrenden Straßenbahn nach und wandte sich dann direkt an seine neue Bekanntschaft: »Die haben so viel Geld wie umgekehrt proportional wenig Hirn«, sagte er mit bayerisch rollendem »R« – und seine Gesprächspartnerin lachte glockenhell.

Doch dann wurde sie schnell wieder ernst. »Ich frage mich manchmal, ob das überhaupt erlaubt ist! Ich bin Kunsthistorikerin, ich versteh nichts von der Juristerei, aber es handelt sich gerade hier bei den Dogonkunstschätzen um nichts weniger als das Weltkulturerbe der Menschheit, auf so was hat doch ein Individuum gar kein Anrecht, so was gehört ins Museum«, redete sie sich in Fahrt, während ihr Dr. Ludwig Höfl mit zunehmender Aufmerksamkeit zuhörte. »Abgesehen davon, dass diese Schätze eigentlich in ihren Ursprungsländern zu verbleiben haben, und das sag ich, obwohl ich stellvertretende Direktorin des Münchner Völkerkundemuseums bin und schon rein beruflich ein Interesse an solchen Dingen haben müsste. Aber das wird auf europäischer Ebene schon lange diskutiert, und das kennen wir doch schon seit Napoleon, dass unsere größten Museumsschätze Raubkunst sind, und so was gehört sich für eine moderne Zivilisation nicht, aber wirklich, wo leben wir denn, wir haben das einundzwanzigste Jahrhundert, da kann man sich doch nicht mehr benehmen wie im achtzehnten.«

»Höfl, Ludwig«, stellte sich ihr Gegenüber nun vor, »Oberfinanzdirektion, Staatsanwaltschaft, Steuerfahndung – da sind Sie bei mir beim Richtigen, gnädige Frau!«

»Schörghuber, Rosalind«, sagte die Dame und reichte ihm die Hand, »des is ja ein Zufall!«

»Es gibt keine Zufälle«, entgegnete Dr. Ludwig Höfl, »da ist was reif, des hab ich im Urin!« Er sah auf seine Uhr. »Sie«, fuhr er fort, »ich muss zu meiner Bahn, in welche …?«

»Ich muss auch zum Marienplatz«, sagte Rosalind Schörghuber und wandte sich zum Gehen.

»Vielleicht sollten wir uns in meinem Büro mal in Ruhe über diese Fragen unterhalten«, hörte man Dr. Ludwig Höfl noch sagen, bevor die beiden in angeregtem Gespräch in Richtung Marienplatz davongingen, und ihre Stimmen vor der Galerie »Dialog der Kulturen« mit dem sanften Brausen der Münchner Rushhour verschmolzen.

Aber die Mundwinkel der tausend Jahre alten Maske der Dogon kräuselten sich befriedigt, während aus ihren hohlen Augen geschossene unsichtbare Giftpfeile die Luxusmeile durchbohrten.

Das Märchenschloss

In Bamako war jetzt auch die Dunkelheit hereingebrochen, und die vierspurige Ausfallstraße Rue Koulikourou, auf der der Pick-up der *Menuiserie d'espoir* stadtauswärts fuhr, gehörte zu den wenigen, die das Privileg einer Straßenbeleuchtung hatten. Der ohnehin dichte Verkehr hatte sich gestaut, da wieder einmal ein *moto* sein waghalsiges Schlängelmanöver nicht überstanden hatte und unter die Räder eines der vorsintflutlichen LKWs gekommen war, die hoch beladen mit Reissäcken, Getränkekisten oder Küchengeräten, Motorrädern, Elektronikteilen oder Metallschrott auf dem Weg ins Landesinnere waren. Ziemlich zerbeult ragte es unter einem der Reifen hervor, von dem Fahrer war nichts zu sehen. Gruppen von Menschen standen am Straßenrand, und es war nicht zu erkennen, was weiter passieren würde.

Da sein Mitarbeiter Abdulaj unabkömmlich war, hatte Stefan seinen Freund Mamadou Coulibaly gebeten, ihn zu dem Kundengespräch zu begleiten, das eigentlich für den Nachmittag angesetzt gewesen war. Mamadou Coulibaly war Stefans größter Vertrauter und unersetzlicher Ratgeber in vielen Dingen des täglichen Lebens, mit denen Stefan trotz seines langjährigen Aufenthalts immer noch nicht zurechtkam. Er war Musiker, spielte ab und zu Balafon, das malische Vibrafon, auf Hochzeiten oder in Restaurants, verdiente seinen Lebensunterhalt aber als Maurer. Die Musik war in Bamako zwar rund um die Uhr und an allen Plätzen in unübersehbarer Vielfalt allgegenwärtig – und sei es nur auf Blechdosen getrommelt –, aber nur die wenigen großen Namen, die den Sprung nach Europa geschafft hatten, konnten davon leben.

Am Stadtrand von Bamako verengte sich die Rue Koulikourou zu einer normalen zweispurigen Landstraße, die kurz darauf ein Eisenbahngleis kreuzte, von dem aus auf der linken Seite eine Tankstelle zu sehen war.

»Das ist bestimmt die Tankstelle, vor der wir links abbiegen müssen«, sagte Stefan, »und wenn es auf dem Weg nicht mehr weitergeht, hat er gesagt, rechts, dann kommt das Haus nach etwa einem Kilometer.«

»Warum hast du mir nicht gleich gesagt, welchen Wueleguem du meinst«, sagte Mamadaou, »dann hätte ich dir auch den Weg zeigen können«.

»Woher soll ich das wissen?« Stefan bremste ab und blinkte.

»Er ist Anwalt?«, vergewisserte sich Mamadou.

»Ich habe doch schon sein halbes Büro ausgestattet!« Stefan bog in die Seitenstraße ein.

Mamadou lachte: »Das ist er! Dann kannst du viel verdienen, das ist einer der reichsten Männer von Bamako!«

»Er hat immer gut gezahlt«, fand Stefan, »und deswegen ist die Piste hier auch so glatt, guck mal, kein Loch, kein Stein.«

»Der Mann hat unglaublich viel Geld«, fuhr Mamadou kopfschüttelnd fort, »und wenn es irgendwo in Bamako um viel Geld geht – er hat seine Finger drin.«

»Ich wundere mich immer wieder«, sagte Stefan, »wie viel Geld es hier in diesem angeblich ärmsten Land der Welt gibt.«

Mamadou lachte und zuckte mit den Achseln. »Er hat zwei Frauen«, fuhr er fort, »eine alte und eine junge«, er grinste, »und wie viele er in der Stadt hat, weiß er wahrscheinlich selbst nicht genau!«

»Ja, ja – die Frauen und das Geld!« Stefan bog seufzend rechts ab; der Weg war links von einer Mauer gesäumt, rechts von Bäumen.

»Außergewöhnliche Frauen«, Mamadou nickte, »sie waren mal auf einer Hochzeit, auf der ich spielte, jede im eigenen Mercedes mit Chauffeur, die junge arbeitet, glaube ich, in seinem Büro mit – die alte, ein Traum von Frau: eine Königin!«

Stefan beugte sich vor, um besser erkennen zu können, was der Scheinwerferkegel nur unzureichend beleuchtete; er schaltete das Fernlicht an, und ein von einer hohen, mit spitzen Eisen bewehrten Mauer umgebenes weißes Gebäude, dessen Ende nicht absehbar war, ragte wie eine Erscheinung aus dem Dunkel heraus, mit Erkern, Türmchen, Winkeln und Rundungen, roten Ziegeldächern, an denen, von Eisengittern geschützt, Klimaanlagen hingen.

»Das kann ja wohl nicht wahr sein«, stöhnte er und hielt den Wagen an, »das ist ja keine Villa, das ist ein Schloss!«

»Ich hab's dir doch gesagt«, sagte Mamadou.

»So was hab ich ja noch nie gesehn!« Stefan war fassungslos, »das ist ja wie der übertriebene Nachbau eines französischen Barockschlösschens.«

Mamadou zuckte mit den Achseln: »Kenne ich nicht!«

Stefan fuhr langsam weiter. Kurz darauf kam ein großes Tor in Sicht, beleuchtet und von Videokameras überwacht; Stefan hupte zweimal kurz, und umgehend öffneten sich die Torflügel automatisch. Er war noch nicht ganz durchgerollt, als ein Wächter erschien, sich in das offene Fenster beugte, nach Stefans Auskunft aber sofort zurücktrat und ihn hineinwinkte.

Um eine Bananenstaude herum waren fast mannshohe Blumen mit riesigen blutroten und gelbvioletten Blütenkelchen angeordnet, zwischen denen zwei Pfaue stolzierten. Um das Haus herum waren akkurat geschnittene kniehohe Büsche gepflanzt, und Marmorplatten führten zwischen rautenförmigen Rasenflächen zu einer mit vergoldeten Schmiedeeisengittern bewehrten Eingangstür, über der die üblichen Zeichen gegen übelwollende Geister eingeritzt waren.

»Was allein der Garten an Wasser verbraucht!«, sagte Mamadou leise, als sie auf die Tür zugingen. Er stammte aus einem Dorf, in dem die Frauen oft kilometerweit gehen mussten, um Wasser zu holen.

Im Vorraum, den die beiden jetzt betraten, fläzten sich einige Männer und Frauen auf Plüschsesseln vor Glastischen in vergoldeten Eisenrahmen und glotzten auf einen unter der Decke hängenden Fernseher, aus dem in verkörnten Bildern und Überlautstärke Nachrichten dröhnten.

Es dauerte eine Zeitlang, bis einer der Männer sich langsam den beiden Ankömmlingen zuwandte und sie fragend ansah. Stefan, der seinen Zollstock mitgebracht hatte, tippte darauf und machte seinerseits ein fragendes Gesicht. Finsteren Blickes arbeitete sich der Mann aus seinem Sessel, schlurfte zur geschwungenen offenen Treppe, die in den ersten Stock führte, und hangelte sich am Treppengeländer hoch. Mamadou und Stefan wandten sich grinsend dem Fernseher zu.

Eine Stimme ertönte, aber erst beim dritten Anruf wandte sich Stefan um und sah den Mann am oberen Ende der Treppe. Er winkte ihnen hochzukommen.

Der Salon der Wueleguems war um einiges vornehmer eingerichtet als der Empfang im Parterre. In der Mitte stand ein mindestens drei Meter langer massiver Mahagoni-Couchtisch, um den Ledersessel gruppiert waren, an der Seite auf einem kleinen Podest ein die gesamte Seitenwand bedeckender verglaster Bücherschrank in dunklem Holz, auf der anderen Seite ein Großbildmonitor, auf dem lautlos, aber gestochen scharf die Nachrichten liefen, in der Ecke daneben ein langer, ebenhölzerner Speerträger, an den Wänden eine breithüftige Nackte von Modigliani und ein Riesenraster-Pop-Art-Monstrum aus den sechziger Jahren neben dem Dogondorfidyll eines afrikanischen Künstlers. Die Aluminiumschiebefenster standen offen und sorgten für einen kühlen Luftzug.

An dem Tisch saß ein Weißer mit schütterem grauen Haar, vor sich einen Haufen Papiere, die er gerade zusammenschob. Er sah den beiden, Schweißperlen auf der Stirn, interessiert entgegen.

Dauda Wueleguem war ein gut aussehender, schlanker, etwa sechzigjähriger Mann, der in einen unauffälligen, aber gut geschnittenen grauen Anzug europäischer Mode gekleidet war, unter dem er ein blau-weiß gestreiftes Hemd mit offenem Kragen trug. Er saß am Ende des Tisches, hob beide Arme und rief in freundlich-vorwurfsvollem Ton: »Ja, wo bleiben Sie denn, wir waren doch schon am Nachmittag verabredet!?«

Stefan ging auf ihn zu – während Mamadou stehen blieb – und berichtete von dem Todesfall in der Familie seines Mitarbeiters.

»Aber Sie haben doch meine Telefonnummer«, entgegnete Wueleguem, »nun habe ich keine Zeit mehr! Wir«, er deutete mit der Hand auf seinen Besucher, »müssten eigentlich längst weg sein, Sie haben Glück, uns überhaupt noch anzutreffen.«

Eine ausnehmend hübsche junge Frau erschien, ein Tablett in der Hand, auf der zwei Wassergläser standen. Sie ging auf Stefan zu, hielt ihm das Tablett entgegen und machte einen kleinen Knicks, daraufhin dasselbe bei Mamadou.

Stefan nahm das Glas, bedankte sich bei der Bonne und entschuldigte sich. »Ich habe das Gefühl«, sagte er, »ich assimiliere mich immer mehr.«

Wueleguem lachte, während er aufstand. »Gerade von einem Deutschen«, sagte er, »hätte ich das am wenigsten erwartet, die Deutschen sind doch Weltmeister in Pünktlichkeit!«

Der Gast sah überrascht zu Stefan. »Sie sind Deutscher?«, fragte er in deutscher Sprache, klemmte sich seine Papiere unter den Arm und ging freundlich lächelnd, die Rechte ausgestreckt, auf Stefan zu: »Philipp Laube – freut mich, Sie kennenzulernen.«

Stefan zuckte unmerklich zusammen, setzte ein Lächeln auf, erwiderte den Händedruck und sagte seinen Namen vernuschelt, während Wueleguem den Raum verließ.

Philipp Laube ließ sich nicht aus der Fassung bringen: »Ich betreibe in München die Galerie ›Dialog der Kulturen‹ und arbeite viel mit Monsieur Wueleguem zusammen, und ich hatte natürlich nicht erwartet, hier einen Landsmann anzutreffen – arbeiten Sie für eine Nichtregierungsorganisation?«

Stefan schüttelte den Kopf und wich seinem Blick aus. Während er zum Tisch ging, um dort sein Glas abzustellen, zog er seinen Zollstock aus der Tasche, zeigte ihn vor und wandte sich wieder Laube zu.

»Ich lebe rein privatwirtschaftlich hier!« Das sollte komisch klingen, verunglückte aber. »Ich bin hier sozusagen hängen geblieben, weil Land und Leute es mir angetan haben.«

Laubes Blick wurde nachdenklich. »Das ist ja ungewöhnlich, aber interessant.«

»Ja, ja«, philosophierte Stefan. »Man lebt nur einmal, und die Welt bietet so viel, dass man ihre Angebote in einem Leben gar nicht ansatzweise alle wahrnehmen kann! Da muss man zuschlagen, wenn sich einem die Gelegenheit bietet.«

Da kam Wueleguem zurück, in Begleitung einer wahrhaft königlichen, etwa fünfzigjährigen Dame in einem traditionellen dreiteiligen Kostüm in dezentem Grün mit mattgelben Mustern.

»Meine Schwiegermutter«, stellte er sie den Anwesenden vor, »Hawa Bamia«, er wandte sich an Stefan, »sie kann Ihnen die Örtlichkeiten zeigen, damit Sie alles in Ruhe vermessen können. Ich möchte eine europäische Einbauküche, an unsere afrikanischen Bedürfnisse angepasst«, nun sah er lächelnd zu Laube, »sozusagen den ›Dialog der Kulturen‹!« Und zu Stefan gewandt: »Sie haben jede Freiheit in der Gestaltung.«

Stefan umfasste seinen Zollstock. »Ich denke schon, dass das möglich sein müsste.«

Durch die offenen Fenster drang der letzte Abendruf eines Muezzin, krächzend und fordernd.

»Wir müssen«, rief Wueleguem, und die beiden verabschiedeten sich mit einem Kopfnicken.

»Was ist denn das für ein komischer Vogel«, sagte Laube auf der Treppe.

»Wie meinen Sie das?«, fragte Wueleguem, »er hat erst kürzlich mein Büro renoviert, Sie werden sehen – ausgezeichnete Arbeit.«

»Irgendwas stimmt mit dem guten Mann nicht«, fuhr Philipp Laube fort, als die beiden ins Freie traten, »vielleicht frage ich mal in der Botschaft nach.«

Dauda Wueleguem zuckte mit den Achseln.

Die Erscheinung

Hawa Bamia hatte Stefan und Mamadou in die Küche hinter dem Salon geführt, wobei die üblichen Begrüßungsformeln ausgetauscht wurden: »Wie geht's?« – »Gut!« – »Wie geht's der Familie?« – »Gut!« – »Wie geht's den Kindern?« – »Gut!« – »Wie steht's mit der Gesundheit?« – »Keine Probleme!« – »Gottseidank!«, ein Ritual, ohne das kein wirkliches Gespräch in Gang kommen konnte und das auch gern in Anspruch genommen wurde, wenn der Gesprächsstoff ausgegangen war oder das Thema gewechselt werden musste. Die Küche, die im Grunde ein verbreiteter Gang war, in dem ein Kühlschrank und ein Gasherd neben einer betonierten und gefliesten Arbeitsfläche mit eingelassenem Becken standen, sah wenig benutzt aus.

»Das ist aber nicht die einzige Küche in diesem Haus?«, fragte Stefan und brachte Hawa Bamia damit zum Lachen.

»Das ist die Küche meiner Tochter Fatoumata«, erläuterte sie, »der andere Trakt hat natürlich eine eigene Küche und unten gibt es die für die ganze Familie.«

»Dann ist ja gut«, sagte Stefan, »denn wenn wir eine neue einbauen wollen, müssen wir das hier«, er deutete auf den betonierten Teil, »erst alles rausreißen, dann kann sie einige Tage nicht benutzt werden.« Er klappte seinen Zollstock aus und machte sich an die Arbeit.

»Kein Problem«, sagte Madame Bamia, »aber bitte entschuldigen Sie mich jetzt, ich habe noch zu tun – wenn Sie irgendetwas brauchen, klopfen Sie an diese Tür«, sie deutete auf eine matt verglaste Tür am anderen Ende des Ganges. »Batama wird Ihnen weiterhelfen.« Und auf Bamanankan fügte sie hinzu: »Wie ich gehört habe, sprechen Sie ja unsere Sprache?«

»Ein wenig«, antwortete Stefan auf Bamanankan, »aber Mamadou ist ja auch da.«

Sie schenkte ihm ein Lächeln und verschwand.

Mamadou holte sein Telefon aus der Hosentasche, das auf Vibration eingestellt war und wandte sich ab, um leise ein Gespräch zu führen.

Stefan versuchte, die unter der gefliesten Arbeitsfläche

angebrachte Klappe zu öffnen, aber sie klemmte, und so ging er davor in die Knie und zückte sein Taschenmesser.

»Sie verstehen, warum ich eine neue Küche brauche«, hörte er eine weibliche Stimme hinter sich in fast akzentfreiem Deutsch – er fuhr herum, kam dabei aus dem Gleichgewicht und wäre beinahe gefallen, hätte er sich nicht in letzter Sekunde an den Fliesen des Beckens festkrallen und daran hochziehen können. Ein wenig außer Atem wandte er sich der Urheberin der Stimme zu, langsam, als wollte er eigentlich gar nicht, und als er Fatoumata Guindos Blick begegnete, griff er auf den Boden, um sein aus der Hand gefallenes Messer aufzuheben.

»Entschuldigung, ich wollte Sie nicht erschrecken«, fuhr sie fort, »das ist mir jetzt richtig unangenehm«, lächelte sie.

»Kein Problem, ich bin nur völlig von den Socken von Ihrem guten Deutsch«, sagte Stefan und musterte sie.

Sie stand an der anderen Seite der Küche neben dem Kühlschrank an einen Mauervorsprung gelehnt, trug eine schwarze Hose aus feinem Leinenstoff und eine weiße Bluse mit lose umgeschlagenen großen Manschetten und spitzen Kragen; sie war ungeschminkt und trug keine Perücke, ihre kurzen Haare glatt und streng nach hinten gekämmt.

»Von – den – Socken?«, fragte sie, »diesen Ausdruck kannte ich noch nicht.«

»Dann bin ich ja beruhigt«, sagte Stefan und faltete seinen Zollstock zusammen, wobei er genau darauf achtete, die Glieder geschmeidig parallel zu legen. »Wo haben Sie Deutsch gelernt?«

»Ich habe anderthalb Jahre in Bremen studiert«, antwortete sie, »aber leider das meiste vergessen.«

»Meine Güte, ich lebe nun schon im siebten Jahr hier in Bamako und kann nicht annähernd so gut Bamanankan wie Sie Deutsch.«

»Ach«, sagte sie, »so lange?« Sie löste sich von dem Mauervorsprung und kam auf ihn zu. »Das ist ja interessant, die meisten gehen nach zwei, drei Jahren.«

»Ich bin kein Mitglied irgendeiner dieser Organisationen«, sagte Stefan, nahm seinen Notizblock von der Arbeitsfläche und steckte ihn ein. »Ich lebe rein privat hier, ich … « Irgendetwas hinderte ihn, seinen Standardspruch abzuspulen.

Sie hatte die Arme vor der Brust verschränkt und sah ihn neugierig an. »Ich wollte Ihnen nicht zu nahe treten, im Gegenteil, es freut mich, wenn Sie unser Land … « Sie wandte sich zum Fenster. »Aber ich will hier keine Klischees verbreiten.«

Stefan sah Mamadou am anderen Ende der Küchenzeile stehen und stellte ihn vor.

»Ihr Mitarbeiter?«, fragte Fatoumata kühl.

»Nein«, sagte Stefan, »mein bester Freund, ich sage immer, mein Bruder, selber Vater, selbe Mutter … «

»Sehr liebenswürdig von Ihnen«, sie wandte sich zum Gehen. »Wann können wir mit der neuen Küche rechnen?«

»Vier bis sechs Wochen wird es schon dauern.« Stefan war nun seinerseits geschäftsmäßig. »Kommt darauf an, ob Ihr Mann noch irgendwelche Sonderwünsche hat.«

»Die hat er bestimmt«, und während sie die Tür schloss, sagte sie leise: »Viel Glück!«

Die Überraschung

Das Restaurant *Monte Christo* lag nur hundert Meter von der Rue Koulikourou entfernt in einer Seitenstraße. Seine Wände waren mit bordeauxroten Samtpolstern tapeziert, an denen im Abstand von jeweils anderthalb Metern dunkelgrünviolette Kordeln hingen. Die Tische waren beladen mit weißem italienischem Designergeschirr, fünfteiligem Besteckservice, einem Gläser-Dreierset und schweren Stoffservietten, und an der Rückwand standen drei Kellner in weißen Uniformen mit roten Litzen. Über ihnen hing ein holzgeschnitztes Krokodil aus dem Dogondorf Borko und kontrollierte ebenfalls den klimatisierten Gastraum, in dem außer Dauda Wueleguem und Philipp Laube nur ein europäisches Pärchen im hinteren Teil saß.

»Bleu«, antwortete Laube auf die Frage des Kellners, wie er sein Filet gegrillt haben wolle, woraufhin dieser stirnrunzelnd nachfragte, ob er das wirklich ernst meine. Auch

Wueleguem horchte auf, was Laube freilich nur dazu veranlasste, mit einem bekräftigenden Kopfnicken leicht unwirsch nachzusetzen: »Außen schwarz, innen rot.« Nachdem der Kellner dies auf der Bestellung notiert hatte und abgegangen war, bemerkte er zu Wueleguem: »Man kann das hierzulande gar nicht roh genug verlangen – es kommt dann trotzdem hinterher halb durchgegart«, dazu machte er eine wegwerfende Handbewegung und richtete sich in seinem Sitz etwas auf. Dann setzte er seine Lesebrille auf, um das Kleingedruckte auf der Weinflasche studieren zu können, die ihm ein anderer Kellner auf der Innenseite seines rechten Arms liegend vorhielt, den linken auf dem Rücken.

»Das ist nicht nur ein waschechter Château Neuf du Pape«, urteilte er und nickte dem Kellner zu, der daraufhin begann, die Flasche zu entkorken, »das ist sogar eine ausgezeichnete Lage, alle Achtung! So etwas hätte ich hier nicht erwartet.«

Er nahm seine Lesebrille wieder ab und steckte sie in die Brusttasche seines Jacketts, das er angesichts der frischen Temperatur erst gar nicht ausgezogen hatte. Dann fuhr er sich durch das schüttere Haar, seufzte und lehnte sich leicht erschöpft zurück.

Wueleguem sah ihn belustigt an.

»Sie denken immer noch«, er tunkte ein zart angedünstetes Karottenscheibchen in die Kräutercreme, die das Lokal als Amuse-Gueule gebracht hatte, »Sie hätten es hier mit Wilden zu tun.« Er zwinkerte ihm zu. »Aber da sind Sie nicht der Einzige.«

»So ein Unsinn!« Laube zuckte mit den Achseln. »So eine Lage«, erklärte er, während er mit heftigen Bewegungen sein Karottenscheibchen salzte, »finden Sie auch in Deutschland selten – das hat damit überhaupt nichts zu tun!«

»So gut kenne ich mich in diesen Dingen natürlich nicht aus«, räumte Wueleguem ein. »Menschen, die das können, habe ich schon immer bewundert!«

Inzwischen hatte der Kellner den Château Neuf entkorkt, aus einer Serviette um den Flaschenhals einen Tropfschutz gelegt und goss Laube in ein großbauchiges Rotweinglas eine Probe ein. Laube verzog das Gesicht, er hatte sein Karottenscheibchen versalzen. Dann nahm er das Rotweinglas und hielt es zwischen Daumen und Zeigefinger am Fuß fest, lehnte sich zurück, schwenkte das Glas, roch daran und nickte anerkennend, schmatzte und schluckte mehrmals, um den Salzgeschmack in seinem Mund zu vertreiben. Endlich nahm er, von Wueleguem beobachtet, einen Schluck, ließ den Wein in seiner Mundhöhle rollen, ohne zu einem Urteil zu kommen. Er wiederholte die Operette und nickte dem Kellner schließlich zu.

Inzwischen hatte sich ein in einen wachsgestärkten dunkelblauen Baumwollanzug einheimischen Schnitts gekleideter Herr zu ihnen gesellt.

»Darf ich vorstellen?« Wueleguem bat den Herrn, sich zu ihnen zu setzen, »Herr Bakary Touré vom Kultusministerium.«

»Sehr angenehm«, sagte Philipp Laube. Er räusperte sich. »Ich dachte, wir seien mit einem Vertreter des Finanzministeriums verabredet!?«

»Die Zuständigkeiten in diesen Dingen«, erklärte Wueleguem, »befinden sich auch bei uns in einem Umstrukturierungsprozess. Ich muss mich da selbst oft erst orientieren, aber bis jetzt hatte das alles immer seine Logik und seinen Sinn.«

Herr Touré lehnte dankend ab, mit ihnen zu essen, begnügte sich mit einem Glas Wasser und begann sofort mit ernster Miene, auf Wueleguem einzureden – allerdings auf Bamanankan, was Laube nicht verstand.

Wueleguems auf Französisch gegebene Antworten veranlassten Herrn Touré keineswegs, ebenfalls die Sprache zu wechseln, bis Wueleguem bat, zunächst einmal Laube von den Neuigkeiten unterrichten zu dürfen. Es gebe eine neue UNESCO-Richtlinie zum Verbleib von wichtigen Kulturgütern in ihren Ursprungsländern, wusste er zu berichten, die natürlich im Interpretations- und Ermessensspielraum der jeweiligen Regierungen liege, zufälligerweise aber gerade heute im Kabinett auf der Tagesordnung gestanden habe, wodurch unglücklicherweise ihre Angelegenheit auf höchster politischer Ebene zur Sprache gekommen sei und das

Kultusministerium sich eine Prüfung des Sachverhalts vorbehalten habe.

»Das heißt, es kostet«, sagte Laube und wischte sich mit der Serviette über den Mund.

Wueleguems Miene erstarrte. »Was ich gesagt habe, heißt nur, dass die nun komplizierter gewordenen notwendigen Prozeduren leider etwas länger brauchen werden, als wir es uns erhofft hatten.«

Touré trank von seinem Mineralwasser, Laube von seinem Rotwein.

»Sie wissen«, sagte Laube mit bereits schwerer gewordener Zunge, »dass ich die Ware morgen bekomme und übermorgen Abend im Flieger mitnehmen muss!«

»Tja«, sagte Wueleguem und schmierte ein wenig Kräuterbutter auf ein Stückchen Baguette.

»Wir haben nächstes Wochenende unseren Mali-Tag«, insistierte Laube. »Er wird überhaupt nur veranstaltet, um dieses einmalige Stück zu präsentieren – das war die Bedingung meines Kunden!«

Wueleguem zuckte mit den Achseln. »Mein lieber Freund«, sagte er und wischte sich Baguettekrümel vom Mund. »Mir ist es auch nicht recht, dass dieser Fall nun eine derart brisante politische Dimension angenommen hat! Sie können froh sein«, er warf einen Blick auf seinen Nachbarn, »dass ich die nötigen politischen Kontakte besitze, um die Sache überhaupt zu gegebener Zeit regeln zu können – die Tendenz geht ja eher dahin, einen Gegenstand dieser historischen Dimension überhaupt nicht mehr aus dem Land zu lassen.«

»Ein Grund mehr«, jaulte Laube auf, »dass es schnell über die Bühne geht!«

Wueleguem begann nun seinerseits auf Bamanankan mit Bakary Touré zu verhandeln.

Tourés Miene verhärtete sich zunehmend, sein erhobener Zeigefinger schwenkte hin und her. Schließlich sank die Hand und Worte wurden gewechselt, die nur Zahlen sein konnten.

»Wenn es schnell gehen soll«, erklärte Wueleguem, »müssten Protokolle gelöscht werden, bestimmte Dateien komplett verschwinden und eine Begleitung zur Zollkontrolle bereitgestellt werden – das wird teuer.«

In diesem Moment kamen die Kellner mit dem Niger-Fisch Capitaine in Currysenfsoße für Wueleguem und den Filet-Medaillons mit grünen Bohnen und Gratin für Laube, stellten synchron die beiden Teller auf den Tisch, nahmen die Aluminiumhauben ab, wünschten »Guten Appetit« und zogen sich zurück.

»Wie viel?«, presste Laube hervor und schnitt heftig in sein schwarz gegrilltes Stück Fleisch, das sich zart wie Butter teilte.

»Mit 100 000 müssten wir hinkommen«, sagte Wueleguem und legte sich seine Serviette auf den Schoß.

»Das ist alles!?« Laube führte erfreut seine Gabel mit der in der Tat blutenden Filetspitze zum Mund, »über eine solche Summe spricht man doch überhaupt nicht!«

»Euro«, sagte Wueleguem und griff zu seinem Weinglas.

Laube ließ die Gabel wieder sinken. »Wie bitte??«

»Verkaufen Sie die Ware in Euro oder in westafrikanischen Francs?«, fragte Wueleguem.

»Aber es geht doch um ein Geschäft!« Laube legte Messer und Gabel auf seinem Teller ab und lehnte sich zurück, »und dabei müssen Gewinnspannen drin sein, sonst hat das keinen Sinn.«

»Im Moment geht es um den Gegenstand des Geschäftes«, entgegnete Wueleguem.

»Die *Awa*, das repräsentativste Symbol der Dogonkultur«, sagte Herr Touré nun, der plötzlich doch französisch sprechen konnte, »ja, der malischen Kultur als solcher.«

»Haben wir den Begriff der ›kulturellen Identität‹ eingeführt oder Sie?«, fügte Dauda Wueleguem hinzu und führte seinen Capitaine an Currysenfsoße zum Mund.

Abends in Bamako

Just in diesem Moment sagte Mamadou zu Stefan: »Sie stammt übrigens aus dem Krokodilsdorf Borko.« Die beiden saßen auf flachen, mit Plastikseilen bespannten Stahlrohrstühlen vor der *Menuiserie d'espoir*. Stefan hatte die Füße auf einen kleinen Holzhocker vor sich gelegt und ließ die Arme hängen, während Mamadou mit einem Bastfächer die glühenden Holzkohlen seines Stövchens anfachte, auf dem in einem bauchigen Kännchen, dessen Deckel mit einem ähnlichen kleinen Zylinder gekrönt war, wie ihn viele Frauen und Männer als Schutzring gegen böse Geister trugen, Tee vor sich hin brodelte, der ab und zu ins Feuer tropfte und dabei zischende Geräusche erzeugte.

Auf der gegenüberliegenden Straßenseite saßen unter der einzigen Straßenlaterne weit und breit drei Männer auf einer schmalen Holzbank und schauten auf die Hand der vor ihnen auf einer Bastmatte sitzenden Frau, in der sie Kaurimuscheln schüttelte, bevor sie sie auf der Matte ausstreute, um anschließend die Lage und Position der einzelnen Muscheln zu analysieren; ein allseits verbreiteter Volkssport, an dem diejenigen, die ihn gut zu verkaufen wussten, prächtig verdienten, während diejenigen, die sich von den gemachten Weissagungen Auswege aus ihrer Misere erhofften, diese dadurch nur vergrößerten. Vor der blau angestrichenen Blechbude des benachbarten Herrenfriseurs standen schräg hintereinander aufgefächert drei Djakarta-Motorroller, an denen ihre Besitzer lehnten und die vorbeilaufenden Frauen begutachteten, die Schüsseln oder Tabletts auf dem Kopf trugen, auf denen sie Bananen oder Orangen, Karotten oder frische Minze, Reisigbesen oder Bastfächer feilboten. Die Zurufe der jungen Männer, soweit sie keine Kaufwünsche waren, kanzelten sie ab, sodass sie von weiteren verschont wurden und noch aufrechteren Ganges das äußerste Ende ihres Wickelrockes, das nur lose seitlich im Bund steckte, herausgriffen, den Sitz des Rockes mit einer großzügigen Schwenkbewegung lockerten, um ihn anschließend geschmeidig neu festzusetzen und den hinteren Teil des Stoffes wieder mit dem Daumen unter dem Rockbund festzuklemmen; ein Vorgang, der so oft wiederholt wurde, wie er die Blicke jedweder anwesender Männlichkeit auf sich zog, da er, wenn man genau genug hinschaute, sehenswerte Einblicke eröffnen und deshalb sogar zu Autounfällen führen konnte. Vor der aus Lehmziegeln gebauten Grillstube des

Nachbarn auf der anderen Straßenseite, in der um diese Zeit die am knusprigsten gegrillten Lammfleischstücke zu haben waren, stand eine große schwarze Box, aus der die tranceartig sich wiederholende Gitarren-, Trommel- und Erzählgesang-Musik des Altmeisters malischer Unterhaltungsmusik, Abdoulaye Diabaté, tönte, was darauf schließen ließ, dass der Grillmeister schon älter war – die jüngeren liefen in Scharen zu einem von der Elfenbeinküste importierten Rap- und Hip-Hop-Verschnitt über, der immer öfter laut und stumpfsinnig die Straßen Bamakos überschwemmte, sodass Stefan manchmal, zwischen traditionellen Flöten und Trommelklängen auf der einen, Computerbässen auf der anderen Seite gefangen, nur noch seine Kreissäge anschmeißen konnte, um die enervierende Kakofonie zu übertönen.

»Was soll das heißen: Krokodilsdorf?«, fragte Stefan, wartete aber die Antwort nicht ab, sondern rief eine Frau mit einem Tablett voller Kochbananen auf dem Kopf und einem Baby auf dem Rücken zu sich.

Die Frau trug ein braunes, dreiteiliges Kleid, bei dem Wickelrock, Oberteil und Kopftuch aus dem gleichen Stoff bestanden, mit dezenten hellbraunen Mustern, zwischen denen in ovalen weißen Flächen Porträts gedruckt waren und darunter deren Namen: Fifi Keita dite Sogon, Habi Sidibe, Amadou Sissoko, Fatoumata Konate – allesamt Moderatoren von Radio Djekafo, wie Stefan entzifferte, als sie vor ihm stand. Sie platzierte ihr Tablett vor Stefan, stellte den Farbeimer, den sie am linken Arm wie eine Handtasche trug, ab, setzte sich darauf und griff mit einem Arm nach hinten, um mit einem jahrtausendealten Schwung das Baby nach vorne zu ziehen und auf ihren Schoß zu legen, während sie mit der anderen Hand unter ihren Ausschnitt griff und mit einem genauso lang geübten Schwung eine riesige Brust herausholte, die dem Baby geradezu ins Gesicht schwappte.

Stefan nahm davon kaum Notiz, sondern suchte sich, den Reifegrad der Kochbananen ertastend, die weichsten und schwärzesten heraus, die sich fast schon glitschig anfühlten und auf denen großflächig das weiße Muster des Schimmels schimmerte.

»Ich krieg die immer noch nicht so gut hin wie die

Frauen auf der Straße«, sagte er zu Mamadou, »nur wenn sie schon fast vor dem Umkippen sind.«

Mamadou goss mit stoischer Miene Tee in ein Glas, von dort zurück in die Kanne, dann wieder in hohem Bogen in das Glas, von dort wieder in die Kanne und so weiter, was bis zu einer Viertelstunde so gehen konnte und einer soliden Schaumerzeugung diente; er quittierte Stefans Bemerkung nur mit einem kurzen Anheben seiner Augenbrauen.

Stefan fragte nach dem Preis und gab der Frau die 200-Francs-Münze, die er bereits aus seiner Brusttasche gefischt hatte. Dann nahm er die Kochbananen und brachte sie in die Küche, die gleich neben dem Eingang des Hauses lag. Als er zurückkam, hing das Baby bereits wieder auf dem Rücken, die Frau hievte ihr Tablett auf den Kopf, rückte es zurecht und justierte beim Losgehen den Sitz ihres Wickelrocks.

»Gibt es in der Gegend viele Krokodile?«, fragte Stefan, als er sich setzte.

»Die laufen da frei auf der Straße rum«, sagte Mamadou.

»Wie bitte!?«

»Da gibt es einen großen Teich mitten im Dorf und zwei kleine Teiche am Rand; da leben sie und werden gefüttert, deswegen haben sie keinen Hunger, wenn sie im Dorf spazieren gehen!«

»Und weil sie keinen Hunger haben, fressen sie einen nicht, oder wie soll ich das verstehen?«

»Warum sollten sie?« Mamadou ließ den Strahl des tiefbraunen Tees von fast einem Meter Höhe in das kleine Glas fallen, wodurch sich der darin ohnehin schon halbvoll festsitzende Schaum noch ein wenig erhöhte.

»Also mir ist das nicht ganz geheuer, ich würde da nicht gerne hingehn.«

»Es liegt außerhalb der Touristenroute«, Mamadou goss den Tee aus dem Glas in die Kanne zurück und stellte sie auf das Stövchen, »und die sind sehr arm dort.«

»Ach«, sagte Stefan, »dann hat Frau Fatoumata Guindo das große Los gezogen, indem sie Herrn Wueleguem geheiratet hat.«

Mamadou zuckte mit den Achseln, nahm die beiden fast

randvoll mit Schaum gefüllten Gläser, drehte sie um und reinigte sie von außen über dem Tablett, indem er frisches Wasser über sie goss; der Schaum saß so fest in den Gläsern, dass er nicht herausfloss.

»Und warum tut sie dann nichts für ihr armes Dorf, wenn sie jetzt so viel Knete hat?«, fragte Stefan.

Mamadou lächelte spöttisch: »Kannst sie ja mal fragen.« Er schüttete das auf seinem Tablett angesammelte Wasser in hohem Bogen auf die Straße, stellte die Gläser zurück und grinste Stefan an: »Findest sie ja schon interessant, die Frau, was?«

»Du weißt ganz genau, dass mir solche Luxustussis den Buckel runterrutschen können!«

Mamadou lachte und goss Tee in die Gläser, nur ein paar Millimeter einer fast schwarzen Brühe, die von doppelt so viel fast weißem Schaum überdeckt wurde.

»Gelangweilte frustrierte zweite Frau von so 'nem Obermacker«, fuhr Stefan fort, »die wahrscheinlich ab und zu nach Paris zum Shoppen fliegt, während in Borko die Kinder hungern.«

»In Afrika ist das nun mal so.« Mamadou reichte Stefan das Tablett.

Stefan nahm sein Glas, Mamadou ebenso, sie prosteten sich zu, und nach zwei, drei kleinen Schlucken war das Glas leer. Stefan lehnte sich genussvoll in seinen Stuhl zurück, Mamadou goss Wasser in die Kanne für den zweiten Aufguss.

»Scheiße, der haut ja rein wie 'ne Bombe.« Stefan kicherte. »Dann kann ich wieder die halbe Nacht nicht schlafen.«

»Weil du dauernd an Fatoumata Guindo denken musst!«

»Spinnst du?«

Mamadou lächelte: »Du wirst dich noch wundern.«

Stefan winkte einer Frau, die geröstete Erdnüsse verkaufte, und nahm ein Päckchen Nüsse direkt vom Kopf. Er setzte sich wieder, gab Mamadou einen Teil und begann hektisch, die Schalen aufzuknacken.

»Die sogenannten einfachen Frauen«, dozierte er und warf sich die ersten von der Schale befreiten Erdnüsse in den Mund, »die so unverschämt wie grundlos verachteten Analphabetinnen, die ihr Kind auf dem Rücken haben, dessen Vater sich vom Acker gemacht hat, die sich jeden Tag abrackern müssen, um überhaupt was zwischen die Zähne zu bekommen, die nie jammern, sondern, obwohl es ihnen so dreckig geht, wie sich das die gut gekleideten Schulabgängerinnen mit Handy gar nicht vorstellen können, singen und lachen bei der Arbeit: Das sind die wahren malischen Frauen – die europäisch Verseuchten mit ihrem lauernden Blick, wie am besten und schnellsten was aus einem rauszuholen ist, können mir gestohlen bleiben!«

Stefan sah einem Minibus nach, hinter dessen unverglasten Fensteröffnungen sich schwarze Schultern aneinanderdrängten. »So eine«, fuhr er in seinem Plädoyer fort, »wie die, die die Nüsse verkauft hat: Die legen einen nicht aufs Kreuz, die wollen nicht nach Europa, die bitten nicht nur nicht um Geschenke, sondern machen manchmal selber welche, obwohl sie fast nichts haben: Das sind die Königinnen Malis, die ich verehre und anbete…«

»Maryam!« Mamadou lockerte die restliche Holzkohle im Stövchen.

Ein uraltes Moped knatterte vorbei, darauf ein alter Mann mit Turban, sein langes Gewand blähte sich im Fahrtwind, sodass er aussah wie ein riesiger Sack, und aus dem Auspuff quoll eine tiefschwarze, stinkende Wolke.

»Ja«, sagte Stefan schließlich, »sie war's oder sie wäre es gewesen … aber es sollte nicht sein, und das ist gut so. Ich mach bei diesem Spiel mit den Frauen hier doch sowieso nicht mit, das habe ich ja schon oft genug gesagt.«

»Wie lange ist Maryam schon weg?«, fragte Mamadou.

»Über drei Monate!«

»Und?«

»Was und? Letzte Woche habe ich es zum allerletzten Mal versucht, und es war wieder direkt der Anrufbeantworter.«

»Da gibt es keinen Empfang, da im Dorf«, sagte Mamadou.

»Die ist längst wieder schwanger, und ihr Ausrutscher mit mir vergeben und vergessen.«

»Das hätte tödlich für euch beide ausgehen können!«

»Na also!« Stefan knackte die nächste Erdnuss auf.

»Du bist also frei für die nächste Dogona!« Mamadou schüttete Zucker in den Tee.

»Und die ist dazu noch ein Krokodil, genau darauf habe ich gewartet!«

»Aber es frisst dich nicht«, sagte Mamadou.

»Außer es hat Hunger«, sagte Stefan.

Die Besprechung

Das *Libya Hotel Kempinsky* lag direkt an der Auffahrt der älteren der beiden über den Niger führenden Brücken. Ein weißes Gebäude mit halbrunden Balkonen zur Flussseite hin, von denen aus der Besucher die Fischer mit ihren breitkrempigen Hüten in ihren asiatisch anmutenden Pirogen betrachten konnte oder ab und zu ein auf seinem Weg vom Senegal nach Timbuktu Bamako passierendes Flusspferd, dessen Bezeichnung in der einheimischen Sprache dem Land seinen Namen gegeben hat: Mali. Kein Geringerer als Oberst Muammar al-Gaddafi hatte das Hotel vor Kurzem übernommen, um es vor dem Bankrott zu retten, was zur Folge hatte, dass nunmehr drei der vier Luxushotels in Bamako fest in libyscher Hand waren. Es bot den internationalen Fünfsternekomfort, sodass dort die Crews der Bamako anfliegenden Airlines gerne nächtigten, Besucher der in der Hauptstadt Malis angesiedelten Botschaften untergebracht wurden oder Mitglieder der global vernetzten Entwicklungshilfeorganisationen ihre Kongresse abhielten und sich dabei von einem Service verwöhnen lassen konnten, wie sie ihn aus Manila, Paris oder New York gewohnt waren. Da es über einen vorzüglichen Weinkeller verfügte, pflegte auch Philipp Laube hier zu logieren, wenn ihn seine Geschäfte nach Bamako verschlugen. Ein wenig gelblich im Gesicht saß er in den quadratischen Ledersesseln des Foyers und wirkte mit seinem abwesenden Blick verloren. Ab und zu sah er auf seine Uhr, nahm aber von dem sonstigen gedämpften Treiben in den klimatisierten Hallen keine Notiz.

Über die alte Innenstadtbrücke, die eine zweispurige Holpertortur für Autos mit einem engen Geh- und Mopedweg war, fuhr ein Gefährt, aus dem so laut Rap-Bässe dröhnten, dass man sie bis ans Ufer hören konnte. Es war der Luxuspanzer der Marke Hummer, der inzwischen in Bamako angekommen war; sein Fahrer trug heute einen mattsilbern glänzenden Anzug mit roter Krawatte, seine Begleiterin den einheimischen Dreiteiler in Grün-gelb, sie war dezent geschminkt. Der Fahrer wippte im Takt der Bassschläge und bediente die Servolenkung des schweren Gefährts nur mit seinem Mittelfinger, um es in einem großen Rechtsbogen von der Brücke ab und unter ihr durch auf die Zufahrtsstraße zum Hotel zu lenken, auf dessen Parkplatz er schließlich links einbog und den Wagen nicht weit vom Eingang zum Stehen brachte.

Die Bässe schepperten weiter über den Parkplatz, die auf der gegenüberliegenden Seite platzierten Wächter schauten kurz von ihrem Teezeremoniell auf, und die Begleiterin drehte den CD-Player ab.

»Gib mir dein Telefon«, sagte sie.

»Warum?«, fragte er.

»Ich will dir was überspielen.« Sie sah unbewegt zum Fenster hinaus auf den Fluss.

Er reichte es ihr und öffnete mit der anderen Hand die Autotür.

Als er mit tänzelnden Schritten auf den Eingang zuschlenderte, drückte sie beide Fensterheber abwärts, legte ihr Telefon neben das seine in ihren Schoß und suchte das gewünschte Stück. Dann lehnte sie sich zurück und lauschte, das ruhige Treiben des Flusses beobachtend, den Klängen eines jahrtausendealten, nur vom einfachsten Rhythmus einer Kalebasse begleiteten Sprechgesangs eines Dogon-Magiers. Langsam begann sie sich zu entspannen, nach einiger Zeit erschien sogar so etwas wie ein Lächeln auf ihren Lippen, allerdings ein eher trauriges.

Inzwischen hatte sich der Hummer-Fahrer mit der roten Krawatte einen Zahnstocher zwischen die Zähne geklemmt, bevor er die Rezeption erreichte, an die er sich, desinteressiert um sich blickend, lehnte.

Die drei braunschwarz uniformierten Rezeptionistinnen

tippten in Tastaturen, zogen Kreditkarten durch die entsprechenden Geräte oder falteten eine ausgedruckte Rechnung, bevor sie sie mit den besten Reisewünschen überreichten.

Der Mann mit der roten Krawatte beugte sich nach einer Weile über die Theke, pflanzte seinen Ellenbogen darauf und ließ sein Kinn in seine geöffnete Hand schnalzen. Die ihm am nächsten sitzende Rezeptionistin sah ihn fragend an. Langsam ließ er sich dazu herab, den Namen des von ihm gesuchten Gastes mitzuteilen. Sie gab den Namen ein, fand eine Nachricht und blickte, ohne den Kopf auch nur einen Millimeter zu bewegen, in Richtung Foyer.

Der Mann mit der roten Krawatte justierte seinen Zahnstocher neu und schlurfte in Richtung der schwarzen Quadratledersessel.

»Da sind Sie ja endlich, Jussuf!«, begrüßte Philipp Laube ihn und wies auf die Sitzgelegenheit gegenüber.

Jussuf zuckte mit den Achseln. »Ein Lastwagen«, berichtete er, während er in den Sessel glitt, »hat sich unterhalb des *Olympic*-Hotels auf dem Abhang quer gelegt; wir können froh sein, dass wir heute überhaupt noch weitergekommen sind.«

Laube zuckte mit den Achseln. »Mir geht es nicht besonders gut, ich muss mir gestern beim Essen was eingefangen haben. Hier ist man ja nicht mal in den teuersten Lokalen vor Mikroben sicher«, schimpfte er.

Jussuf runzelte die Stirn. »In Paris haben sie neulich in einem Sterne-Lokal Essen mit Kakerlaken serviert«, gab er zum Besten, »das stand hier in allen Zeitungen!«

»Das kann ich mir gut vorstellen, dass das ein gefundenes Fressen für die hiesige Presse war.« Laube fingerte ein Papiertaschentuch aus der Jacketttasche und schnäuzte sich so heftig, dass es aufriss und Tröpfchen auf seinen Anzug verspritzten. »Hier gibt es nicht mal vernünftige Papiertaschentücher«, erregte er sich, »alles diese chinesische Importware, wenn das Sozialismus sein soll, na dann Gute Nacht!« Er knüllte die nassen Zellstoffreste zusammen und verstaute sie in seiner Jacketttasche. »Mao Tse Tung würde sich im Grab umdrehen«, grollte er.

»Die Leute haben sich daran gewöhnt«, sagte Jussuf.

»Und wie stehen die Aktien?«, fragte Philipp Laube mit unvermittelter Frische, fast angriffslustig.

»Soll ich die Sachen allein aus dem Auto holen«, fragte Jussuf, »oder wollen Sie mitkommen?«

»Natürlich komme ich mit!« Laube war schon aufgestanden.

»Das sind ja interessante Klänge«, ließ Laube verlauten, als die beiden sich dem Hummer näherten.

»Das sind unsere Alten«, erklärte Jussuf, während er die hintere Wagenklappe öffnete, »sie erzählen seit tausend Jahren immer das Gleiche.«

»Sie meinen, Sie haben sich daran gewöhnt«, versuchte Laube zu scherzen, während er mit seinen Blicken das Paket abtastete, das mit Spanngurten auf der Ladefläche festgeschnallt war.

»Vielleicht sollten wir eine solche Combo mal zum nächsten Mali-Tag einladen«, plauderte Laube weiter, während Jussuf die Befestigungen löste, »genau dafür gibt es zahlungskräftige Kundschaft!« Er schnalzte mit der Zunge: »Damit könnte man auch ein bisschen frischen Wind in die lendenlahme Unterhaltungsbranche bringen.«

»Kein Problem«, sagte Jussuf, warf einen Blick auf seine Begleiterin im Auto und wandte sich dem Hoteleingang zu, »wenn Sie die Visa besorgen.«

»Kein Problem«, war es nun an Laube zu beteuern, ein wenig hechelnd. Er holte tief Luft. »Bin heute Abend sowieso in der Botschaft, Nationalfeiertag, Sie verstehen, gerade in der Fremde sollte man stets seiner Wurzeln gedenken.«

»Natürlich«, ließ sein Begleiter gönnerhaft verlauten, während die beiden wieder das Hotelfoyer betraten.

Sesam öffne dich

Auf dem Balkon von Laubes Hotelzimmer im fünften Stock konnte man besonders gut sehen, dass der Niger kein Fluss, sondern ein Zustand ist: Von sattgrünen, verschieden großen Inseln und Inselchen durchsetzt, hat er kein klar erkennbares Ufer, sondern von unter Wasser stehenden Bäumen oder Büschen gesäumte Übergänge, die streckenweise auch wogende Schilffelder sind oder, wenn er sich verengt, felsige Sandsteinufer. Auf der anderen Seite konnte man die meist blendend weiß gestrichenen Prachtbauten des dortigen Villenviertels sehen, von riesigen Satellitenschüsseln gekrönt. An den wenigen sandigen Flachuferstellen wuschen Frauen und breiteten ihre Kleider und Tücher um sich herum zum Trocknen aus, sodass ein farbenprächtiges Gemälde entstand.

Jussuf stand an der offenen Tür und sah hinaus, während Laube andächtig die Verpackung des Pakets öffnete, das er auf sein Bett gelegt hatte. Nachdem er die auf den ersten Blick eher schlicht wirkende Holzmaske aus der letzten Luftpolsterfolie ausgewickelt hatte, musste er sich setzen.

»Irgendwie ist mir heute leicht schwindlig«, sagte er.

»Das macht die *Awa*«, erklärte sein Überbringer von der Balkontür aus, und ein spöttisches Lächeln erschien auf seinen Lippen, während er seine Hand mit ausgestrecktem Zeigefinger hob und diesen hin- und herschwenkte, »Diese Maske wird nur alle sechzig Jahre getragen! In ihr findet die jahrtausendealte Magie der Dogon ihre Vollendung!«

»Das mag schon sein«, erklärte Laube mit gönnerhaftem Ton, »aber bei uns Weißen funktioniert das nicht.«

Jussufs spöttischer Zug um den Mund vertiefte sich.

»Wir sind dafür unempfindlich«, fuhr Laube überlegen lächelnd fort – und wurde plötzlich weiß im Gesicht. Er legte die Maske aufs Bett und erhob sich.

»Ich fürchte, ich muss mich übergeben.« Er schritt leicht schwankend auf die Badezimmertür zu, wobei er tief durchatmete.

Sein Besucher wandte sich wieder dem Niger zu.

Kurz vor dem Badezimmer blieb Laube stehen. »Nein, nein, ist wieder gut, war nur ein kurzer Anfall. Möchte wissen, was ich mir da geholt habe. Sagt Ihnen der Name Lenin etwas?« Laube ging zu seinem Koffer.

»Ich war«, sagte Jussuf, »Vorsitzender der ersten marxistisch-leninistischen Studentenorganisation in Mali.« Er grub in seiner Jacketttasche nach einer Zigarettenschachtel.

»Dann kennen Sie sicherlich auch den Spruch«, fuhr Laube fort, während er seinen Koffer öffnete, ein Fläschchen und ein Päckchen mit sterilem Zellstoff entnahm, »Vertrauen ist gut, Kontrolle ist besser.«

Jussuf angelte sich eine Zigarette.

»Das hier ist –«, doch dann unterbrach er sich: »Oh bitte nicht rauchen! Das würde mir den Rest geben! Schlimm genug, dass es hier keine Nichtraucherzimmer gibt, das sind ja geradezu vorsintflutliche Zustände!«

Jussuf steckte seine Zigaretten wieder weg.

»Das hier ist nämlich«, hob Laube erneut an, »ein ganz neuer Schnelltest, mit dem das Alter ungefähr bestimmt werden kann.« Er schniefte und sah seinen Lieferanten entschuldigend an, »angesichts der Summen, um die es hier geht …«

Laube tränkte den Zellstoff mit etwas Flüssigkeit, nahm den schwarzen Holzstab und rieb am unteren Ende über das Holz. Dann setzte er sich auf das Bett und starrte gebannt auf den Zellstoff. Tatsächlich färbte dieser sich nach kurzer Zeit rötlich, mehr und mehr, bis er ganz rot war.

Philipp Laube atmete schwer. Dann musste er aufstoßen und schnüffelte unwillkürlich den seinem Magen entstiegenen Gasen nach.

Jussuf hatte sich inzwischen einen neuen Zahnstocher in den Mundwinkel gehängt.

»Ich habe natürlich nie daran gezweifelt«, wandte Laube sich an den immer noch in der Balkontür stehenden jungen Dogon, »aber …« Er ging zum Schrank, öffnete die Tür, gab in dem darin verborgenen Safe einen Code ein, entnahm ihm einen prallen Briefumschlag und sagte: »Zählen Sie nach – es sind alles Fünfhunderter.«

Jussuf sah kurz in den Umschlag. »Ist nicht nötig«, sagte er, »wir kennen uns lange genug.«

Laube zuckte zusammen und griff sich an den Bauch.

»Ich habe Ihnen doch gesagt, dass die Masken besprochen sind«, höhnte der Dogon und wandte sich zur Tür, »sie mögen es nicht, kontrolliert zu werden. Der Fluch der

Dogon kann sogar tödlich sein, wenn man unsere Kultur nicht ernst nimmt.«

»Bei allem Respekt«, verlautete Laube von seinem Sessel aus, »aber das ist natürlich völliger Unsinn.«

Jussuf wandte sich zum Gehen.

»Sie verstehen«, krächzte Laube, »dass ich Sie aufgrund meiner Unpässlichkeit nicht nach unten begleiten kann.«

Jussuf wandte sich noch einmal um. »Kein Problem«, sagte er und schloss die Tür.

Wir kennen uns doch

Stefan schaltete den Motor seines Sanili-Motorrads ab, nachdem er es auf der Fläche vor dem *Supermarché Maiga* bis unter den Schatten hatte ausrollen lassen. Dieser Supermarkt war einer der wenigen nicht von Libanesen geführten Geschäfte, weswegen Stefan dort bevorzugt einkaufte. Er lag im Erdgeschoss eines einstöckigen Hauses, hatte einen Ein- und einen Ausgang, und auf der anderen Straßenseite hatten sich im Schatten von großen Bäumen die obligatorischen Obst- und Gemüsehändler angesiedelt, die das Angebot perfekt machten. Stefan nahm seine Sonnenbrille ab und stieg vom Motorrad.

Im selben Moment rollte ein schwarzmetallic getönter Mercedes auf den Parkplatz und kam neben ihm zum Stehen. Stefan zerrte sich seinen Sturzhelm vom Kopf und legte ihn in den hinter dem Rücksitz des Motorrads befestigten Einkaufskorb. Gleichzeitig öffnete sich die Fahrertür des Mercedes, und eine schlanke junge Frau in einem schwarzen Kleid mit rotem Kopftuch stieg aus, sie trug eine große geschwungene Sonnenbrille.

Stefan wollte sich gerade zu seinem Motorrad hinabbeugen, um es abzuschließen – da zog es ihn wieder in die Höhe, weil er sie erkannt hatte: Es war Fatoumata Guindo, die ihn freundlich anlächelte.

»Dass wir uns so schnell wiedertreffen, hätte ich ja nicht gedacht«, sagte sie, drückte auf ihre Schlüsselfernbedienung, und die Türschlösser des Mercedes klickten.

»Was führt Sie denn nach Bamako?«, fragte Stefan und beeilte sich, das Lenkradschloss seiner Sanili zu arretieren.

»Wir mussten noch eine Blitzaktion für Ihren Landsmann starten«, berichtete Fatoumata Guindo, verstaute ihre Sonnenbrille in der Handtasche und lehnte sich an ihr Auto. »Die Deutschen wollen alles immer nicht nur perfekt, sondern auch blitzschnell haben.«

»Am liebsten gestern«, sagte Stefan lachend und lehnte sich an seine Sanili, »dann können Sie ja verstehen, warum ich nach Mali übergesiedelt bin!«

»Und dann können Sie verstehen«, entgegnete Fatoumata, »dass derartige Vorstellungen nicht immer leicht erfüllt werden können.«

»Ach«, widersprach Stefan, »ich bin immer wieder überrascht, wie einfach und schnell hier manchmal Dinge über die Bühne gehen, von denen man kurz vorher noch gedacht hatte, sie hätten überhaupt keine Chance.«

»Wenn man die entsprechenden Kontakte hat«, räumte Fatoumata ein.

»Und das entsprechende Kleingeld«, fügte Stefan hinzu.

Fatoumata Guindo sah ihn an. »Gehen Sie auch zu dem Botschaftsempfang wegen Ihres morgigen Nationalfeiertags?«, fragte sie.

Stefan wich ihrem Blick aus. »Ach wissen Sie, die Sache mit den Nationen ist nicht so mein Ding, jede Nation glaubt, sie sei die größte und schönste und stärkste – und gerade die Deutschen sind Weltmeister dabei!«

Fatoumata lachte in einem Sopran, der Stefan bis in die Zehenspitzen fuhr. »Weltmeister«, wiederholte sie, »na also.«

»Und dann soll man sich in Bamako die deutsche Nationalhymne anhören«, fuhr Stefan fort, »die sagt, dass Deutschland über alles gestellt werden soll – und dann auch noch so tun, als sei man tief bewegt davon!«

Fatoumata Guindo nickte: »Das ist überall auf der Welt das Gleiche.«

»Wissen Sie, am deutschen Wesen soll die Welt genesen – ich drehe diesen Spruch um und sage, Deutschland soll an der Welt genesen! Ich…«, Stefan klimperte mit dem Schlüssel seiner Sanili, »ich habe schließlich an die fünfzig Jahre in Deutschland gelebt – da dachte ich mir, es wird Zeit, sich einmal in eine andere Kultur zu vertiefen, bevor es zu spät ist – man wird ja nicht jünger!«

Sie löste sich von ihrem Auto. »Dann haben Sie sich aber gut gehalten«, sagte sie, »alle Achtung.«

Stefan wurde rot. »Man tut, was man kann«, stammelte er.

Sie nickte ihm zu und steuerte auf den Eingang zu. Stefan folgte ihr.

Der *Supermarché Maiga*, dessen Besitzer meist höchstpersönlich hinter der Kasse saß, bot bis auf Alkohol fast alles, was ein europäisches Herz begehrt, Joghurt, Quark, Konfitüren und sogar einige Hartkäsesorten, einheimisches Vollkornmehl, italienische Nudeln, *Choucroute* in Dosen, *Herbes de Provence* und französisches Mineralwasser sowie köstlichste Mango-, Ananas- oder *pomme de cajou*-Säfte – meist aus Produktion der Elfenbeinküste –, die verlockend hinter den Glastüren der Kühlschränke auf ihre Käufer warteten.

Stefan bewegte sich entschlossenen Schrittes zum Kühlfach und entnahm die Butter, deretwegen er gekommen war. Kaum stand er an der Kasse, erschien Fatoumata vom anderen Ende des Ladens, in der Hand eine Body Lotion. Unbewegter Miene sah sie durch ihn hindurch.

Schnell nahm Stefan sein Wechselgeld entgegen und verabschiedete sich ungewohnt hastig von Herrn Maiga.

Der große Tag

Obwohl ein Auto der Marke Hummer auch in Ländern mit einem unvergleichlich viel höheren Pro-Kopf-Einkommen etwas Besonderes war, nahm in Bamakos Stadtteil Niarela, dem nach der Familie Niare genannten Gründerquartier, in dem älteste Lehmbauten neben modernen kleinen Hotels standen, niemand Notiz von dem Wagen, der kurz hinter einer Kreuzung zwischen einer asphaltierten und einer Lehmstraße unter dem Schatten eines großen Baumes zum

Stehen gekommen war. Weder die unvermeidliche Tee kochende Gruppe junger Männer, noch der auf einer Bastliege vor seinem blau angestrichenen Blechkubus hingestreckte Kurzwarenhändler in seinem dunkelblauen Kaftan, noch die beiden Frauen, die in gebückter Haltung mit kräftigen Stößen ihre Wäsche über die Waschbretter rieben und dabei mit hohen, fast piepsenden Stimmen alte Weisen sangen, würdigten den Van auch nur eines Blickes.

Kurz darauf erschien in einem offenen Hauseingang ein junger Mann, überquerte die Straße und ging auf den Wagen zu. Dessen Fahrer hatte seine rote Krawatte abgelegt, sich eine Zigarette angezündet und erwartete den Ankömmling mit drei längsgeknickten, zwischen Zeige-, Ring- und Mittelfinger geklemmten 500-Euro-Scheinen. Die Geldnoten wechselten so kommentarlos wie unauffällig den Besitzer, während die beiden jungen Herren die üblichen Begrüßungsfloskeln austauschten.

Daraufhin griff der Draußenstehende in seine Hosentasche, zog ein kleines Paket heraus und reichte es in den Wagen. Darin befanden sich zehn Päckchen von je neun 10 000-Francs-Scheinen, die von einem zehnten gefalteten zusammengehalten und mit einer Heftklammer zusammengetackert waren.

Jussuf warf nur einen kurzen Blick hinein und nickte dem Überbringer zu, der, ohne sich zu verabschieden, wieder in sein Haus zurückschlenderte.

Nun entnahm Jussuf dem Umschlag eines der Päckchen und warf es seiner Begleiterin in den Schoß.

Sie wandte sich ihm zu und musterte ihn vollkommen ausdruckslos.

Als er ihren Blick spürte, sagte er: »Schatz, wir können nicht sofort zurückfahren, ich muss noch kurz was erledigen. Ich dachte, ich setze dich bei Fournie ab«, er blickte zu dem Geld in ihrem Schoß, »dann kannst du da noch ein bisschen shoppen.«

»Kein Problem«, sagte sie unbewegt, »aber setz mich lieber am Großen Markt ab.«

Er startete den Wagen. Je näher die beiden der Innenstadt kamen, desto dichter wurde der Verkehr, kurz vor dem Ziel mussten sie an einer Ampel warten, deren Schlange so lang war, dass es mindestens drei Phasen brauchen würde, bis sie sie passieren könnten.

Eine Frau mit Zwillingen auf dem Arm näherte sich dem Wagen, in einer Hand hatte sie eine Schale mit Münzen. Da Zwillinge nach allgemeiner Auffassung in Mali Glück bringen, ist es eine weitverbreitete Sitte, der Zwillingsmutter etwas Geld zu geben und dadurch an dem Glück zu partizipieren.

»Hast du Kleingeld?«, fragte Jussuf seine Begleiterin.

»Wieso Kleingeld?«, fragte sie, »heute ist doch ein großer Tag!«

»Du spinnst ja wohl«, zischte Jussuf und fuhr den Wagen im Schritttempo weiter. Da die Frau gemerkt hatte, dass die Sache im Auto nicht entschieden war, lief sie mit den beiden Kindern auf dem Arm nebenher, bis er wieder zum Stehen kam.

»Wenn man bekommen hat, muss man geben«, sagte die junge Frau, »und du hast heute viel bekommen, ohne dass du viel dafür getan hast.«

»Diese ganze Abzockerei gehört doch verboten!« Jussuf starrte auf die Autoschlange.

Nun ergriff die junge Frau das Päckchen in ihrem Schoß, riss so hastig die Heftklammer auf, dass einer ihrer kunstvoll lackierten Fingernägel dabei abbrach, und reichte der Frau über Jussuf hinüber einen Zehntausender durchs Fenster.

Diese konnte zunächst nicht fassen, was sie da bekommen hatte, brach aber in umso heftigere Segenswünsche aus, langes Leben, Gesundheit bis ins hohe Alter, gesunde Kinder, den Eltern alles Gute, und als der Hummer wieder eine Ampelphase weiterrückte, lief sie immer noch mit ihren beiden Zwillingen auf dem Arm nebenher und flehte Gott an, dass er dies alles verwirklichen möge.

Auf der anderen Seite der Kreuzung fuhr der Hummer rechts ran, und die junge Frau glitt von ihrem Sitz.

»Also bis nachher«, sagte Jussuf.

»So Gott will«, antwortete sie und sah ihn an, als wüsste sie, dass es ein endgültiger Abschied war.

Kaum konnte Jussuf sicher sein, dass er außer Sichtweite war, griff er zum Telefon und grinste.

Es klingelte nur zweimal, da meldete sich schon eine Frauenstimme: »Da bist du ja endlich!«

»Du weißt doch, wie das ist!«, flötete Jussuf, »aber jetzt bin ich auf dem Weg zu dir.«

»Dann ist ja gut«, rauchte es aus dem Lautsprecher des Mobiltelefons, »ich bin schon ganz nass zwischen den Beinen.«

»So hab ich das gern, meine Süße«, krähte Jussuf, und seine Mundwinkel flatterten feucht.

Dann packte er das Telefon in die Halterung für die Freisprechschaltung zwischen Fahrertür und Windschutzscheibe, bog in die Rue Koulikourou Richtung stadtauswärts, griff das Steuer mit beiden Händen und gab Gas.

Vor den Toren Bamakos verbreitet sich der Niger zu einem vielarmigen, weitläufigen Feld aus Schotter- und Felsanhäufungen, moosigen Wiesen und Schilfgestrüpp. An den Rändern teilweise stehendes Wasser, wechseln sich in der Mitte sanft vor sich hin plätschernde Bächlein mit reißenden Strudeln ab. An dieser Stelle befindet sich die älteste Brücke über den Fluss, da er hier, je nach Jahreszeit, auch als Furt überquerbar ist.

Obwohl in denkbar schlechtem Straßenzustand und ohne Geländer – wann immer eines angebracht worden war, war das wertvolle Eisen innerhalb von Tagen abmontiert worden – und so eng, dass sie an manchen Stellen nur in einer Richtung passiert werden konnte, wurde die Brücke auch in diesen Tagen noch viel frequentiert, da sie vielen einen großen Umweg durch die Stadt ersparte.

Auch unser Hummer schlängelte sich gerade auf die Fahrbahn, mit seinen guten Reifen und seiner perfekten Federung konnte er sich sogar ein gewisses Tempo erlauben. Deshalb erhöhte Jussuf noch ein wenig das Tempo, als er sah, dass ihm ein Wagen entgegenkam, um noch vor diesem eine Fahrbahnverengung passieren zu können, die eine zwischen zwei mächtigen Felsbrocken hinunterstürzende wildbachartige Verästelung des Niger überbrückte. Der entgegenkommende Wagen blinkte, um ihm zu signalisieren, dass er dem Hummer den Vortritt lasse, der daraufhin seine Geschwindigkeit verringerte und passgenau das Brückenstück anfuhr, das nur wenige Zentimeter breiter als sein Reifenabstand war.

Als er sich genau in der Mitte befand, summte ein senkrecht fliegendes, mindestens fünf Zentimeter großes, sich nach unten konisch verjüngendes, oben von rotorartigen Flügeln gekröntes Insekt laut schnerzend durch das offene Fenster der Fahrertür direkt auf Jussufs Kopf zu, er riss seine linke Hand hoch, um es zu vertreiben, ruckelte dabei einen Hauch an der sensiblen Servolenkung – und der Wagen rutschte links von der Fahrbahn ab; geistesgegenwärtig riss Jussuf die Automatikschaltung auf Rückwärtsgang, sodass der Wagen für einen Moment in der Schwebe hing, doch als er Gas gab, drehten die Hinterreifen durch, und der Wagen stürzte senkrecht zwischen die beiden Felsen, bis er darin festklemmte und nur noch sein Heck, dessen Klappe aufgesprungen war, aus den um ihn und in ihm schäumenden Wasserwirbeln ragte.

Der entgegenkommende Wagen hielt an der Ausweichbucht vor der Fahrbahnverengung, und zwei Männer stiegen aus. Mit ernster Miene begutachteten sie die Sachlage und stellten fest, dass jede Hilfe zu spät käme.

»Der sitzt verdammt fest da unten«, sagte der eine und stemmte seine Fäuste in die Hüften. »Um das Ding da rauszukriegen, brauchen sie eine richtig fette Maschine«, er sah sich um, »weiß gar nicht, wie man die hierher bringen soll.«

»Die müssen das Auto in seine Einzelteile zerlegen«, sagte der andere und holte sein Mobiltelefon aus der Tasche, »um an die Leiche ranzukommen.«

Auf einem Felsvorsprung lag Jussufs aus dem Fenster gefallenes Telefon, das durch den Stoß in Gang gesetzt worden war, und es erzählte im nur vom Kalebassenrhythmus begleiteten Singsang von den tausend Jahre alten Geschichten der Dogon.

»Du hast doch wohl nicht mehr alle Tassen im Schrank!« Stefan wandte sich dem Holzbrett neben der Eingangstür zu, an dem die Feilen hingen. »Wie willst du das denn alles finanzieren?«

Abdulaj Sissoko zuckte mit den Achseln. »Gott wird mir schon helfen«, sagte er.

Die beiden standen neben dem Arbeitstisch unter dem Schattendach vor der Schreinerei, auf dem ein malischer Hocker deutscher Bauart lag, was hieß, dass seine Einzelteile nicht zusammengenagelt und flächig geklebt waren, sondern verfugt, verdübelt und verleimt.

»Gott hat andere Sorgen«, sagte Stefan und feilte an einer Nut herum, die noch nicht breit genug war, »das ist dein Privatvergnügen, wenn du unbedingt eine zweite Frau willst.«

»Das ist hier so üblich«, sagte Abdulaj.

»Ich weiß«, sagte Stefan, »aber das macht es nicht besser.«

»In Europa«, erwiderte Abdulaj, »habt ihr eure Zweitfrauen heimlich und haltet sie als Mätressen – das ist auch nicht besser.«

Stefan pustete den Staub seiner Feilarbeit weg, während das auf dem Tisch liegende Telefon klingelte. Er sah auf das Display. »Kenn ich nicht, die Nummer.«

Dann nahm er den zur Nut passenden Zapfen und gab beides Abdulaj: »Jetzt schieb die beiden mal zusammen«, forderte er ihn auf. »Und kann Sally dann auch einen zweiten Mann nehmen?«

Abdulaj ließ die beiden zusammengefügten Teile sinken. »Das geht nicht!«, sagte er kopfschüttelnd, »das ist doch völlig unmöglich!«

»Wieso?«, fragte Stefan, »natürlich geht das!«

Abdulaj schüttelte den Kopf. »Zwei Tage die eine, zwei Tage die andere«, erklärte er, »das ist alles bestens organisiert!«

»Und in den zwei Tagen, in denen sie nicht dran ist, sucht sie sich einen anderen Mann«, provozierte Stefan.

Abdulaj zog die Teile wieder auseinander.

»Ich habe schon oft eindeutige Angebote von Frauen bekommen«, stichelte Stefan weiter, »und sie waren meistens verheiratet!«

Das Telefon begann wieder zu klingeln. Stefan schüttelte den Kopf und rief: »Dieselbe Nummer – das kann nur Ärger geben!«

»Das machen sie nur, wenn sie kein Geld haben«, sagte Abdulaj.

»Ja, aber davon rede ich doch!«, rief Stefan, um das Klingeln zu übertönen. »Du zwingst sie doch geradezu dazu, andere Männer zu suchen! So viel kannst du doch gar nicht verdienen, selbst wenn du andere Arbeit nebenher machst!« Stefan holte den Leim unter dem Tisch hervor. »Und warum lässt du dich dann nicht scheiden, wenn du eine andere liebst.«

»Das geht nicht«, sagte Abdulaj.

»Wieso«, sagte Stefan, »das ist doch erlaubt im Islam.«

»Das hat nichts mit dem Islam zu tun«, erklärte Abdulaj, »das ist die Tradition: Ich habe mir Sally doch nicht ausgesucht.«

Stefan wollte gerade den Leim öffnen, hielt aber inne. »Man hat sie dir gegeben?«

Abdulaj nickte. »Schon als wir klein waren, wurde beschlossen, dass ich Sally bekommen soll, das wussten wir schon, seit wir denken können.«

»Und wer beschließt so was?«

»Der Feticheur des Dorfes, der Hellseher, das war und ist in diesem Fall mein Onkel, der kleine Bruder meines Vaters.«

»Und wenn du dich jetzt scheiden lassen wolltest, dann wäre das, wie wenn du deinen Onkel kritisierst, oder was?«

»Das geht nicht!«, wiederholte Abdulaj heftig, »das gibt es nicht bei uns, es ist so, wie es ist, und dabei bleibt es, das könnt ihr euch in Europa nur nicht vorstellen!«

Stefan besah sich die Leimdose. »Und deswegen holst du dir jetzt eine Frau deiner Wahl dazu?«

Abdulaj hob seine Hände und ließ sie auf seine Schenkel fallen. »Das ist doch normal!«

Stefan setzte einen Schraubenzieher unter den Deckel der

Leimdose und öffnete sie quietschend. In diesem Moment klingelte das Telefon zum dritten Mal.

»Kruzefixhallelujasackzement«, rief er, griff zum Telefon und schmetterte ein barsches »Hallo!« hinein.

»Wie geht's?«, fragte eine Frauenstimme, die ihm bekannt vorkam.

»Es geht so«, antwortete er und dachte fieberhaft nach, woher er die Stimme kannte.

»Sie sind schwer zu erreichen!«

Er gab Abdulaj ein Zeichen, den Holzleim umzurühren.

»Die Kreissäge lief«, log er, »da hört man das Telefon nicht.«

»Dann sollten Sie Ihr Telefon in die Hosentasche nehmen«, fuhr die Frauenstimme auf Deutsch fort, und es durchzuckte Stefan, »auf Vibration gestellt.«

»Fatoumata Guindo!«, stöhnte er.

»Haben Sie mich etwa nicht erkannt?«

»Ich, wissen Sie, bei meiner Arbeit muss man sich konzentrieren, sonst gibt es leicht Unfälle!«

»Ich verstehe«, Stefan konnte ihren Spott förmlich sehen, »aber es hätte ja auch ein neuer Kunde sein können!«

»Ob Sie es glauben oder nicht«, entgegnete Stefan, »aber ich habe auf diesem Wege noch nie einen neuen Kunden bekommen, hier in Mali zählt nur Mundpropaganda.«

»Stimmt«, sagte Fatoumata Guindo, »trotzdem möchte ich noch einige Details mit Ihnen besprechen.«

»Oh!«

»Wieso, bereitet Ihnen das Schwierigkeiten?«

»Nein, nein!«, beeilte sich Stefan zu sagen, »im Gegenteil – also ich meine natürlich, das macht überhaupt keine Probleme.«

»Dann ist ja gut, ich habe nur ein paar ganz nüchterne Fragen und Wünsche.«

»Allein die Tatsache, mit Ihnen deutsch sprechen zu können, wird mir ein Vergnügen sein.«

»Dann bekomme ich wenigstens wieder ein bisschen Übung«, räumte Fatoumata Guindo ein.

»Kennen Sie das Sprichwort ›Zwei Fliegen mit einer Klappe schlagen‹?«, fragte Stefan.

Sie lachte. »Nein.«

»Zwei Dinge, die eigentlich nicht zusammengehören«, erklärte Stefan, »auf einmal tun.«

»Bis morgen«, sagte sie, »nach dem Frühstück.«

Was im Busch

»Grüß Gott«, sagte Oberstaatsanwalt Dr. Ludwig Höfl, stand auf und ging um seinen Schreibtisch herum auf seine Besucherin zu.

Rosalind Schörghuber blieb in der Mitte des modern, aber traditionsbewusst eingerichteten Büros stehen und sah sich verstohlen um: ein rechteckiger Schreibtisch aus dunklem Massivholz mit Edelmetallfüßen, auf dem nur eine aufgeschlagene Akte, ein Schälchen mit Stiften, eine Tischlampe und ein Telefon zu sehen waren, darüber ein Porträt des ersten Bundespräsidenten Theodor Heuss, flankiert von einem mächtigen Hirschgeweih auf der einen Seite und einer betenden Marienfigur auf der anderen; links neben dem Schreibtisch ein Rolltischchen mit aufgeklapptem Laptop, dessen Monitor flimmerte, rechts ein runder Glastisch mit drei Rohrgestellsesseln.

Es war ein düsterer Regentag, der das Zimmer nur wenig erhellte.

Höfl schüttelte enthusiastisch die Hände seines Gastes: »Sie glauben gar nicht, wie des alles passt! Des war goldrichtig, dass wir uns gleich heute treffen, da is nämlich ganz aktuell was im Busch!«

»Ach ja?«, fragte Rosalind Schörghuber.

»Setzen Sie sich«, bat Höfl und bot einen Sessel am Glastisch an. »Kaffee oder Tee?«

»Ach«, sagte Frau Schörghuber, »ein Kaffee wär, glaub ich, nicht schlecht!«

Höfl griff zum Telefon. »Bittschön, Frau Brantl, seien Sie doch so nett und bringen Sie uns zwei Tasserl Kaffee zu mir rauf«, und nachdem er eine Bestätigung erhalten hatte, bedankte er sich noch.

»Jetzt bin ich aber gespannt«, sagte Rosalind Schörghuber, als Höfl sich zu ihr setzte.

»Ich sag's Ihnen, wir sind da mitten ins Wespennest gestoßen, Trefferquote hundert Prozent.«

»Jetzt aber«, lachte Frau Schörghuber, »Sie spannen mich ja auf die Folter!«

Oberstaatsanwalt Dr. Ludwig Höfl lächelte zufrieden. »Eins nach dem anderen, als Erstes hab ich mal in der famosen Galerie angerufen und nach dem Besitzer gefragt.«

»Und?«, fragte Rosalind Schörghuber.

»Ist grad in Mali«, antwortete Höfl und nickte, »kommt aber voraussichtlich am Montag mit heißer Ware für seinen ›Mali-Tag‹ nächstes Wochenende; die Ankündigung haben wir ja gestern gesehen. Es handelt sich um den zentralen Kultgegenstand überhaupt von den Dogon, so eine Maske, die sie nur alle sechzig Jahre raustun, des muss man sich mal vorstellen!«

»Ja so was!«, sagte die Schörghuber, »ich glaub, davon hab ich schon gehört. Des ist ja ein Ding!«

»Des gefällt uns doch, oder, gnädige Frau?«, fragte Höfl.

»Des hört sich gut an«, bestätigte Frau Schörghuber.

»Dann können wir nämlich gleich in medias res gehn«, trumpfte Höfl auf, »und deshalb hab ich die Kollegen von der Kripo schon mal um Amtshilfe …«

Es klopfte, und die Tür öffnete sich. Eine junge Frau in einem Dirndl mit einem Tablett in der Hand betrat den Raum.

»Sie sind ja fix wie der Wirbelwind, Frau Brantl«, lobte der Oberstaatsanwalt, »so haben wir des gern.«

Frau Brantl errötete zart, machte einen kleinen Knicks vor Frau Schörghuber, servierte die Tassen und stellte Kaffeesahne und Zucker auf den Glastisch.

»Jetzt fehlt natürlich noch ein saftiger Zwetschgendatschi«, sagte Höfl und schluckte, »aber unsere Kantine haben sie gestrichen, des wird immer schlimmer mit den Sparmaßnahmen und der Krise!«

»Die Krise«, sagte Rosalind Schörghuber, während sie ein

Zuckerstückchen in ihre Tasse gleiten ließ, »muss ja langsam für alles herhalten; wenn die ihre Krise nicht mehr hätten, dann bräche wahrscheinlich wirklich bald alles zusammen!«

Nachdem Frau Brantl den Raum verlassen hatte, fuhr Höfl fort: »Also die Kollegen kommen gerne mit, und wenn Sie morgen Mittag Zeit haben, dem Herrn Laube sein Mitbringsel zu begutachten, dann bereiten wir dem guten Mann einen richtigen Staatsempfang!«

Frau Schörghuber lachte wieder. »Dann muss ich aber einen Kollegen mitnehmen, der sich da auskennt«, sie rührte ihren Zucker um, »das ist nicht mein Spezialgebiet, und wenn wir gleich Nägel mit Köpfen machen wollen, dann muss unsere Analyse ja hieb- und stichfest sein.«

»Des wollen wir«, bekräftigte Höfl, »das haben Sie goldrichtig verstanden, gnädige Frau.«

Dann nahm er einen Schluck Kaffee. »Was die Rechtslage betrifft, hab ich mich heute Vormittag mal schlau gemacht. Also da kann man sich zwei Wochen lang schlau machen, aber nix Genaues weiß man trotzdem nicht! Da gibt's lange, blumige Abhandlungen auf Landes- und Bundesebene und noch längere und noch blumigere auf europäischer Ebene, aber am Schluss läuft es alles dann doch wieder darauf raus, dass es zum einen Interpretationssache der jeweiligen Experten sein soll und zum anderen Ermessensfrage der beteiligten Behörden oder gar der Politik.«

»Schade«, seufzte Frau Schörghuber.

»Ja, wer wird denn gleich die Flinte ins Korn werfen«, entrüstete sich Höfl, »warten Sie doch erst mal die Schlüsse ab, die ich daraus gezogen habe! Hier handelt es sich abstrakt gesagt um einen Fall von eklatanter Rechtsunsicherheit. Gleichzeitig sind wir mit einem konkreten Vorgang konfrontiert, der mutmaßlich diese Rechtsunsicherheit ausnützt und dabei einen Haufen Geld verdient.«

»Der macht keinen Dialog der Kulturen«, sagte Frau Schörghuber, »der macht einen Krieg der Kulturen.«

»Richtig«, bestätigte Höfl, »irgendwann werden die Länder uns nämlich vorwerfen, dass wir ihnen ihre wichtigsten Kulturgüter geraubt haben, und dann gibt's Stunk.«

Frau Schörghuber nickte. »Zu Recht.«

»Naja«, schränkte Höfl ein, »heute lassen die den Schmarrn raus und morgen haben sie es schon vergessen, aber des ist halt so.«

»Sind alle gleich!«, sagte Rosalind Schörghuber.

»Aber wenn die des rauslassen, brauchen wir des noch lang nicht reinzulassen.«

Frau Schörghuber nickte.

»Die Tatsache«, dozierte Höfl weiter, »dass wir es hier mit einem Fall zu tun haben, der offensichtlich zum Himmel stinkt, zwingt uns nicht nur zu raschem und konsequentem Eingreifen, sondern gibt uns darüber hinaus die Möglichkeit, an diesem besonderen Fall der allgemeinen Rechtsunsicherheit in diesen Fragen ein Ende zu bereiten.«

»Da bin ich dabei!«, rief Rosalind Schörghuber.

Höfl nickte befriedigt. »Sie übernehmen die Interpretation – ich kümmere mich ums Ermessen, den Rest erledigt die Kriminalpolizei!«

»Dann bewegt sich endlich mal was!«

»Frau Schörghuber, gnädige Frau, ich sage Ihnen eines: Wir sind hier auf dem besten Wege, einen weit über Deutschlands Grenzen hinaus seine Wirkungen zeigenden Präzedenzfall zu schaffen, mit dem wir Recht setzen, wo derzeit nur Willkür und Beliebigkeit herrschen!«

»Herr Höfl«, sagte Rosalind Schörghuber mit ernster Miene, »Sie können sich drauf verlassen, dass ich und mein Amt alles tun werden, was in unseren Möglichkeiten steht, um Ihnen bei diesem Vorhaben zur Seite zu stehen; ich habe darüber auch schon mit unserer Chefin gesprochen, die uns in jeder Hinsicht freie Bahn und jede Unterstützung zugesagt hat.«

»So gefällt mir des!«

»Es gibt heute Mittel und Wege«, erklärte Frau Schörghuber, »auch sofort an Ort und Stelle am Flughafen ungefähres Alter und Wert der jeweiligen Objekte mit chemischen Hilfsmitteln so zu bestimmen, dass es nichts mehr zu diskutieren gibt!«

»Wenn Sie und ich im Auftrag unserer jeweiligen Behörde zusammenarbeiten«, sagte Oberstaatsanwalt Dr. Ludwig

Höfl zur Stellvertretenden Direktorin des Münchner Völkerkundemuseums und erhob seine Kaffeetasse, »dann sind wir ein unschlagbares Team!«

Kennen wir nicht

Die Residenz des Botschafters der Bundesrepublik Deutschland in Mali befand sich in einem Nobelviertel zwischen Banken und einer Kaserne am Ufer des Niger. Als zweistöckige weiß getünchte Villa im Kolonialstil inmitten eines von Bogenlampen beleuchteten Parks bot sie seiner Exzellenz nicht nur eine angemessene Heimstatt, sondern auch Raum und Ambiente zur Ausrichtung offizieller Empfänge. Traditionsgemäß fand sich hier die deutsche Gemeinde Bamakos am Vorabend des Nationalfeiertags ein, um bei Bier und Wein, Schnittchen und Fleischspießen, Volksmusik und Ansprachen der fernen deutschen Heimat und ihrer Geschichte zu gedenken.

An der rechten Seite der Einfahrt zu dem parkartigen Gelände des hochherrschaftlichen Residenzgartens stand der Botschafter, Dr. Sigismund Wolf, zwischen seiner Frau und seinem Kulturattaché und begrüßte jeden einzelnen Besucher per Handschlag und mit der Frage nach dem werten Befinden. Auf dem gepflegten Rasen hinter ihm schimmerten matt zwei Mercedes-Panzerwagen in den eigens zu ihrer gefälligen Beachtung aufgestellten Scheinwerfern – das Sindelfinger Nobelunternehmen, in Bamako mit zwei dunkel verglasten Stahlbetonpalästen vertreten, war so liebenswürdig gewesen, die feierliche Würdigung deutscher Einigkeit und Größe zum Anlass zu nehmen, diese beiden Nutzfahrzeuge dem malischen Militär zu schenken, das sich seit Jahren im Auftrag der Zentralregierung mit lästigen Störungen störrischer Tuaregstämme herumzuschlagen hatte. Aus diesem Grunde fanden sich auch einige hochrangige Kollegen der Bundeswehr, die in Mali ansonsten freilich vor allem mit Straßenbau beschäftigt war, unter den Gästen.

Auch Philipp Laube hatte sich trotz seines angeschlagenen Gesundheitszustands an den Ort des Geschehens begeben.

»So lala«, antwortete er auf die obligate Frage, und während er dem Kulturattaché die Hand schüttelte: »Was die Geschäfte betrifft, gleichen sich die Kulturen immer mehr an.«

Der damit beruflich befasste Repräsentant der deutschen Kultur lächelte schelmisch: »Das macht eben der Dialog der Kulturen – c'est la vie!«, und er zwinkerte Laube zu.

Philipp Laube wandte sich an die Gattin des Botschafters. »Sie haben einen exzellenten Geschmack, gnädige Frau«, sagte er, während er das Silbergehänge auf der Brust der Hausherrin bewunderte, »das sieht mir nach dem klassischen Hochzeitscollier der Tuareg aus?«

»Einem Kenner wie Ihnen«, antwortete sie geschmeichelt, »kann so etwas natürlich nicht entgehen, und in meiner Funktion muss man ja« – sie wies auf die bereits zahlreich an den Bistrotischen stehenden einheimischen Gäste, die sich dort an ersten Häppchen gütlich taten und der malischen Musikgruppe lauschten – »der indigenen Bevölkerung seine Reverenz erweisen!«

»Sie auch hier?!«, hörte Laube plötzlich eine sächselnde Stimme hinter sich und drehte sich um: ein beleibter Mann in Uniform mit drei goldenen Häkchen auf den Schulterklappen strahlte ihn an. »Kennen Sie mich nicht mehr – wir saßen im Flugzeug nebeneinander!«

»Ach ja«, erinnerte sich Laube, »verzeihen Sie, bin etwas unpässlich heute.«

»Kein Problem«, erwiderte der andere aufgeräumt, »da hatte ich ja auch keine Uniform an!« Er trug ein Rotweinglas in der Hand, und neben ihm stand eine kleine schüchterne schwarze Frau. »Aber heute sind wir ja offiziell unterwegs«, er lachte behäbig und wies auf seine Begleiterin: »Darf ich vorstellen, meine Frau – wir haben kürzlich Zwillinge bekommen!«

»Herzlichen Glückwunsch!«, murmelte Laube und wollte sich davonmachen, aber der Militär ließ ihn nicht los: »Haben Sie schon dieses wunderbare Sauerteigvollkornbrot probiert«, fragte er, »von einem einheimischen Bäcker nach deutschem Rezept gebacken, ich sage Ihnen, der könnte in Deutschland Preise abräumen damit – ich hab das halbe Auto voll, für die Kameraden in Timbuktu!«

»Ach ja?«, sagte Laube höflich.

»Irgendein verrückter Künstler, der hier in Mali lebt«, fuhr der Zwillingsvater fort, »hat das initiiert, ich wollte ihn schon für das Bundesverdienstkreuz vorschlagen, aber er soll früher mal in irgendwas verwickelt gewesen sein, deshalb ging das nicht.«

»Tja«, sagte Laube, »so kann's gehen. Apropos ›verrückt‹ – Sie sind doch schon länger im Lande: Kennen Sie auch diesen deutschen Schreiner, der angeblich schon seit Jahren in Hippodrome lebt?«

Der gut gelaunte Sachse sah fragend seine Frau an, dachte kurz nach und schüttelte den Kopf: »Nie davon gehört.«

Auch seine Frau verneinte.

»Na«, sagte Laube und wandte sich endgültig zum Gehen, »dann werde ich Dr. Wolf mal fragen.«

»Das bringt gar nichts«, rief der Militär ihm nach, »da müssen Sie schon Frau Schmidt-Traoré fragen, die ist hier unser kleiner Geheimdienst, der bleibt nichts verborgen, da können Sie Gift drauf nehmen!«

In sein Lachen mischten sich die ersten Pfeiftöne des eingeschalteten Mikrofons, und Dr. Wolf eröffnete am oberen Ende der zu seiner Terrasse führenden Treppe stehend den Abend.

»Meine sehr verehrten Damen und Herren«, begann er seine Ansprache, »es ist mir eine besondere Freude, Ihnen zum Auftakt dieser Veranstaltung den internationalen Musikstar Toumani Diabate vorzustellen, gerade aus den USA zurück, wo er für seine Virtuosität auf dem malischen Nationalinstrument Cora den Grammy in Empfang nehmen durfte, und heute hier bei uns zu Gast, um uns die vom Protokoll vorgeschriebenen Nationalhymnen zum Besten zu geben!«

Auch Laube in der ersten Reihe der in einem Halbrund vor der Treppe versammelten Personen applaudierte und lächelte dem Botschafter zu.

Dieser nahm den Blick auf, nickte ihm zu und fuhr fort:

»Erleben wir also nun ein praktisches Beispiel für den Dialog der Kulturen, der allen uns hier Anwesenden so sehr am Herzen liegt«, womit er dem Musiker das Zeichen zum Auftakt gab.

Unpassenderweise überfiel Philipp Laube genau in diesem Moment wieder der ärgerliche Würgereiz, der ihn nun schon den ganzen Tag quälte, und er konnte sich gerade noch rechtzeitig durch die Menge hindurch nach hinten drängen, um sich heimlich zu den zarten, lyraartigen Klängen der Cora von Einigkeit und Recht und Freiheit ins Gebüsch zu erbrechen.

Nachdem er seinen Magen mit dem gepriesenen Vollkornbrot wieder etwas beruhigt hatte, genehmigte er sich sogar ein Gläschen Rotwein und stellte sich damit an den Tisch des Botschafters, der seine Ansprache kurz und schmerzlos gemacht hatte.

»Na«, begrüßte dieser ihn, »wo drückt Sie denn der Schuh?«

Laube sah ihn vielsagend an. »Ich stimme Ihnen ja gern zu«, hob er an, »wenn Sie sagen, der Dialog der Kulturen liege uns am Herzen – aber bei dem ›uns‹ bleibt's dann auch.«

Dr. Wolf lachte herzlich. Dann wurde er wieder ernst. »Der Dialog der Kulturen ist ein Luxusgut, das nur wir uns leisten können! Erst kommt das Fressen, dann kommt die Kultur.«

»Sehen Sie«, sagte Laube – aber bevor er weitersprechen konnte, gesellte sich der dicke Vollkornbrotschwärmer an den Tisch und stellte Laube eine Dame mittleren Alters vor, die ein ledernes Gesicht mit dünnen Lippen hatte: »Frau Schmidt-Traoré – kommt auch aus Sachsen-Anhalt«, erklärte er stolz.

»Na«, wunderte sich Laube, »die neuen Bundesländer sind ja stark vertreten hier in Mali!«

»Man tut, was man kann«, erklärte Frau Schmidt-Traoré bitter, »und was kann ich für Sie tun?«

»Eigentlich völlig unwichtig«, erklärte Laube, »nur so eine Frage, weil mich das ein wenig wunderte: ein Deutscher, der schon seit Jahren in Mali lebt, aber mit keinerlei Hilfs-Organisation zu tun hat – ist doch seltsam!«

»Niemand ist verpflichtet, einer Hilfsorganisation anzugehören«, stellte der Botschafter klar, »wenn Sie mich fragen, gibt es da eher zu viel als zu wenig – so mancher selbsternannte Helfershelfer hilft oft nur den falschen.«

»Name, Adresse, Alter?«, wollte Frau Schmidt-Traoré wissen.

»Stefan Raschmann oder so ähnlich«, antwortete Laube, »um die fünfzig, würde ich sagen, und meines Wissens hat er seine Schreinerei in Hippodrome, aber ich wollte hier keine Ermittlungen einleiten, es hat mich nur gewundert, dass er keinen Kontakt zur deutschen Gemeinde hat!«

»Auch dazu ist niemand verpflichtet«, erklärte Dr. Wolf milde, »es gibt ja sogar regelrechte Zivilisationsflüchtlinge, die überhaupt nichts mehr mit unserer Kultur zu tun haben wollen.«

»Kennen wir nicht«, bellte Frau Schmidt-Traoré, »gibt's hier nicht, nie was von gesehn oder gehört.«

Nie und nimmer

Fast einen Meter lang war der Strahl, mit dem Mamadou den Tee aus der Kanne in das winzige Glas goss, und Stefan schüttelte bewundernd den Kopf: »Das macht mich immer fertig, wenn ich das sehe«, sagte er, »weil ich dann erkennen muss, dass ich das nie schaffen werde.«

»Übung macht den Meister«, antwortete Mamadou, »bei uns lernt man das schon, wenn man noch gar nicht sprechen kann!«

Die beiden saßen bei ihrem abendlichen Teevergnügen vor der Schreinerei, ab und zu zog ein schwarze Qualmwolken absondernder Minibus an ihnen vorbei, Stefan verspeiste eine winzige Banane nach der anderen, Mamadou grinste vor sich hin.

»Jetzt erzähl schon, was los ist«, forderte Stefan schließlich ungeduldig, »ich seh's dir doch an, dass wieder irgendwas passiert ist!«

»Eigentlich sollte man nicht darüber lachen, aber das Leben ist auch nicht immer so, wie es sein sollte.«

»Jetzt bin ich aber gespannt.« Stefan ließ die Bananenschale neben sich auf den Boden fallen.

»Es hat wieder einen Unfall auf der alten Brücke gegeben!«

»Und was ist daran so lustig?« Stefan winkte dem Taxifahrer zu, der ihn im Vorbeifahren gegrüßt hatte.

»Es ist wirklich unglaublich«, fuhr Mamadou fort, »jeden Tag passiert da was, und sie machen nichts dagegen. Was ist das nur für ein Land, in dem wir leben, so kann es doch nie vorwärts gehen.«

»Aber das ist doch nicht weiter komisch«, wandte Stefan ein.

»Nein«, bestätigte Mamadou, »aber wie es passiert ist. Der Wagen ist haargenau zwischen zwei Felsen gestürzt, sodass genau die beiden Türen von den Felsen eingeklemmt waren! Selbst wenn der Fahrer am Anfang noch gelebt haben sollte, hatte er keine Chance, da wieder rauszukommen.«

»Der saß buchstäblich felsenfest«, fasste Stefan zusammen, »hatte es wahrscheinlich eilig, und jetzt hat er alle Zeit der Welt.«

»Für den spielt Zeit keine Rolle mehr«, sagte Mamadou und erhob sein Glas, »zum Wohl!«

Die beiden tranken und sahen auf das träge fließende Leben auf der Straße.

»Die Leute sagen, es sei Hexerei; der Mann, dem der Unfall passiert ist, habe etwas auf dem Kerbholz.«

Stefan winkte ab. »Hier ist alles Hexerei, das macht die Sache aber witzlos.«

»Neunundneunzig Prozent sind Pfuscher«, sagte Mamadou, »wollen den Frauen nur das Geld aus der Tasche ziehen oder versprechen den Leuten das Blaue vom Himmel herunter, obwohl sie keine Ahnung haben. Aber ein paar gibt es, ein paar wenige – da muss man aufpassen!«

»Sicher gibt es Leute, die etwas ahnen können, vielleicht sogar in gewisser Weise voraussehen, das gab es schon immer und überall, nicht nur in Afrika. Bei uns wurden früher die Hexen verbrannt, obwohl sie die Menschen heilen konnten – aber etwas bewirken, etwas auslösen, im Guten oder Schlechten, das kann keiner!«

»Ich seh das ja im Prinzip genauso, wenn ich bei uns ins Dorf komme und sehe, wie sie alle zu meinem Onkel gehen und sich die Kaurimuscheln werfen lassen, fällt mir gar nichts mehr ein, und ich sage auch nichts.«

»Na also«, sagte Stefan.

»Aber der, der den Unfall hatte, war ein Dogon. Und ich sage dir eines: Bei den Dogon funktioniert die Hexerei nicht über die Menschen, sondern über die Dinge, die Fetische, die Masken!«

Stefan sah ihn skeptisch an. »Dann war es auch Hexerei, dass ich heute Fatoumata Guindo bei *Maiga* getroffen habe?«

Mamadou, der gerade Wasser für den zweiten Aufguss in die Kanne goss, sah Stefan überrascht an. »Tatsächlich?«

»Ich kam da an«, berichtete Stefan, »da hielt genau gleichzeitig ein Auto neben mir, und sie stieg aus.«

Mamadou widmete sich wieder seinem Tee.

»Ein paar Stunden später hat sie angerufen und ein Date mit mir gemacht«, fuhr Stefan mit verlegenem Lachen fort, »wegen der Küche natürlich, morgen kommt sie.«

Mamadou haute sich auf die Schenkel. »Alles klar!«, rief er.

»Spinnst du?! Was heißt hier ›alles klar‹?«

»Alles klar heißt alles klar! Ich habe dir das gestern schon vorausgesagt.«

Stefan schüttelte den Kopf. »Erstens ist es völlig normal, das mit der Küche genauer zu besprechen, und zweitens war es reiner Zufall, dass wir uns bei *Maiga* getroffen haben – sie war in Bamako, weil sie noch was für diesen Typen aus München erledigen musste.«

»Aber irgendwas reizt dich an ihr«, stichelte Mamadou und fächerte seine Holzkohle unter der Teekanne an.

»Quatsch«, widersprach Stefan, »erstens gibt es hier in Bamako an jeder Ecke zehnmal schönere Frauen, die ich immer schon leicht hätte haben können und nie wollte, warum also ausgerechnet diese Luxusfrau, und zweitens …« Er suchte nach Worten.

»Und zweitens?«, fragte Mamadou fächernd.

»Zweitens«, antwortete Stefan, »ist die Welt klein, und

man trifft sich immer zweimal, das ist ein Gesetz auf der ganzen Welt, dazu braucht es keine Dogonzauberer!«

»Der Zug ist abgefahren«, sagte Mamadou fächernd, aber sein Grinsen wurde nachdenklich.

»Ts!«, machte Stefan, »nie und nimmer!«

Gott ist groß

Der Hogon saß unter dem Bastdach, das die Terrasse vor der Höhlenwohnung überdeckte, von der aus Jussufs Ende seinen Anfang genommen hatte. Er trank Tee, lauschte den Schreien der Esel und der Vögel, und ab und zu nickte er. Neben ihm versuchte ein Hahn eine Henne zu bespringen, aber sie jagte ihn gackernd in die Flucht. Langsam mischte sich von fern das rachitische Röhren eines Oldtimer-Motors in die ruhigen Wellen der Natur, und je näher es kam, desto lauter hörte man auch das Klackern der losen Metallteile, die einen großen Teil des Autos ausmachten.

Der Hogon sah ins Dorf hinunter, das wie ausgestorben in der flimmernden Sonne brütete. Schon schoben sich ein paar Kinder aus den teppichbehangenen Türen der runden Hütten, neugierig, wer da wohl kommen würde. Eine dicke schwarze Qualmwolke hinter sich, rappelte der Wagen, ein uralter französischer Kastenwagen, bis in die Mitte des Dorfes unter den Schatten eines großen Mangobaumes, hielt an, und der Motor klackerte aus. Eine junge Frau stieg aus und wurde sofort von schreienden Kindern umringt, von denen sie jedoch kaum Notiz nahm. Auf der anderen Seite stieg der Taxifahrer aus, ging zum Kofferraum, öffnete ihn und holte eine Reisetasche heraus, die er vor der jungen Frau abstellte.

Sie kramte in ihrer Handtasche und zog ein Bündel Geldscheine hervor, das sie dem Fahrer in die Hand drückte. Er sah sie fragend an, aber sie streichelte gerade einem der Kinder den Kopf, als wollte sie es trösten. Er begann die Scheine zu zählen, und als er ihr den Rest zurückgeben wollte, winkte sie ab. »Möge es dir Glück bringen.« Er sah misstrauisch auf die Scheine, steckte sie ein und ging zum Auto zurück.

Jussufs Begleiterin nahm ihre Tasche und ging auf die Hütte zu, in deren Tür eine Frau erschienen war. Sie küsste sie zweimal rechts und zweimal links auf die Wangen und trat ein. Drinnen saß ein Mann auf einem Kissen am hinteren Ende. Sie murmelte leise die Begrüßungsformeln und machte in respektvoller Entfernung vor ihm einen Knicks. Als die ältere Frau ebenfalls hineingekommen war und sich neben den Mann gesetzt hatte, nahm auch die junge Frau Platz.

»Wie ist es passiert, Marietu?«, fragte der Mann.

»Sie haben sein Telefon gefunden«, antwortete sie, »es war herausgefallen und lag auf dem Felsen, in dem der Wagen klemmte.«

»Oh mein Sohn«, schluchzte die Frau auf und schlug sich die Hände vors Gesicht.

»Sie haben mich sofort damit angerufen«, berichtete Marietu, »aber als ich ankam, war schon eine andere Frau da, die er zuletzt angerufen hatte.«

Die Mutter sprang auf und lief weinend aus der Hütte.

»Ist er zu schnell gefahren?«, fragte der Mann.

»Zwei Männer, die entgegenkamen, haben ihn gesehen«, antwortete Marietu, »und sie sagen, er sei sehr langsam gefahren.«

Von draußen drangen die Klagerufe der Mutter herein, die sich unter den Baobab gesetzt hatte und immer wieder die Hände vors Gesicht schlug.

»Die Frau war eine Prostituierte.« Marietu senkte den Kopf.

»Das ändert auch nichts, mein Kind«, sagte Jussufs Vater, »es war Gottes Wille.«

»Er hätte es nicht machen sollen!«, rief Marietu und schluchzte auf.

»Was nicht machen sollen?«, fragte der Vater.

»Die *Awa* verkaufen«, rief Marietu und wischte sich die Tränen ab.

Der Vater stand auf und ging zur Tür hinaus, Marietu folgte ihm. Neben der weinenden Mutter hatte sich bereits eine Schlange von Frauen gebildet, die der Trauernden leise und ernst ihr Beileid aussprachen. Jede blieb nur wenige Sekunden, dann kam die nächste. So sollte im Lauf des Tages das ganze Dorf das Leid der Mutter teilen.

Marietu griff den Arm von Jussufs Vater und wies auf den Berg: »Er hat ihn gewarnt! Er hat ihm zu verstehen gegeben, dass niemand gegen die Macht der *Awa* ankann!«

Jussufs Vater sah hoch. »Alle erfüllen nur den Willen Gottes!«, sagte er schließlich.

»Er hätte es nicht tun sollen!«, rief Marietu erneut, »er hätte auf den Hogon hören sollen.« Flehend sah Marietu auf den Berg hoch.

Dort saß der Hogon und sah auf die winzigen Menschen unter sich.

Das Sprungbrett

Trat man vom Hof der Schreinerei in Stefans Haus, fand sich rechts eine Wohnküche, hinter der sein Schlafzimmer lag, links ging es zu den beiden hintereinanderliegenden Arbeits- und Lagerräumen. In der Mitte befand sich das nur vom Schlafzimmer aus zugängliche Bad, das einen Ausgang in einen kleinen, von zwei Schatten spendenden Bäumen überwölbten Hinterhof hatte. Das dahinterliegende Grundstück war nicht bebaut und grenzte an die nächste Querstraße.

Stefan wusch sich gerade im Bad die Hände, als er Abdulaj aufgeregt seinen Namen rufen hörte. Leicht verärgert sah er ins Schlafzimmer und entdeckte Abdulaj, der den Vorhang zur Küche beiseite geschoben hatte und ihn grinsend anschaute.

»Draußen steht deine neue Frau«, erklärte er, »Gott möge dir viele Kinder bescheren!«

»Lass den Quatsch«, knurrte Stefan verärgert, »das ist unsere neue Kundin.«

»Sie ist jung und kräftig«, höhnte Abdulaj und schloss den Vorhang hinter sich, »was willst du mehr?«

»Sie ist die Frau von Dauda Wueleguem«, erinnerte

Stefan seinen Mitarbeiter, »der würde mir ganz schön den Marsch blasen!«

»Pfff! Das merkt der doch nicht, der hat genug andere!«

»Wir Deutschen«, klärte Stefan seinen Mitarbeiter auf und schloss die Tür zum Badezimmer, »haben unsere Prinzipien, und dazu gehört, dass man Arbeit und Vergnügen nicht vermischen darf.«

»Die Deutschen spinnen!« Abdulaj folgte Stefan durch den Vorhang.

Fatoumata Guindo trug ein knöchellanges, eng anliegendes rotes Baumwollkleid, ein knapp geschnittenes schwarzes Jackett, eine schwarze Ledertasche, schwarze Halbschuhe, eine schwarze Sonnenbrille und ein schwarzes Kopftuch. Sie stand neben der Kreissäge und sah die Rue Danfaga hinunter, als suchte sie etwas. Als sie Stefan bemerkte, nahm sie die Sonnenbrille ab und lächelte ihn an: »Gute Lage hier, aber bestimmt nicht billig?«

»Herzlich willkommen«, antwortete Stefan, ging auf sie zu und reichte ihr die Hand, »freut mich, dass Sie gekommen sind.«

»Ich habe leider nicht viel Zeit«, sagte sie und verstaute ihre Sonnenbrille in der Handtasche, »Ihr Landsmann hält uns auf Trab.«

»Darf ich Ihnen trotzdem etwas zu trinken anbieten?«, fragte Stefan, »Wasser, malischen Tee oder« – er deutete nach innen – »ich hätte auch ein paar Säfte im Kühlschrank, Ananas oder Mango.«

»Danke«, sagte sie, »sehr liebenswürdig, im Moment ist alles in Ordnung!«

Abdulaj stand immer noch in der Tür und starrte die beiden an.

»Was ist?«, raunzte Stefan ihn an, »wolltest du nicht Tee machen?«

»Ist das deutsch?«, fragte er, »Madame spricht deutsch?«

»Madame spricht ausgezeichnet deutsch!«, bestätigte Stefan.

»Merkwürdige Sprache!« Kopfschüttelnd wandte sich Abdulaj dem Teegeschirr zu.

Fatoumata lachte, und Stefan stimmte ein.

»Diese unverblümte Art ist es«, er holte einen Sessel, »die ich an den Maliern so mag; kennen Sie das Ruhrgebiet?«, fragte er und stellte den Sessel hinter Fatoumata, »Dortmund, Bochum, Recklinghausen?«

»Nur vom Hörensagen«, antwortete Fatoumata. »Sie sind schon so sehr zum Malier mutiert, dass Sie auch sonntags arbeiten?«

»Dort sind die Menschen so ähnlich wie die in Bamako«, fuhr Stefan fort und holte einen zweiten Sessel, »frisch von der Leber weg!«

»Woran liegt das?« Fatoumata umrundete die Kreissäge, betrachtete die herumliegenden Werkzeuge und angefangenen Teile.

»An dem Völkergemisch«, antwortete Stefan und lehnte sich an den Tisch der Kreissäge, »dort haben Sie Polen, Türken und Deutsche – hier haben Sie Peul, Tuaregs und Dogon. Die Menschen sind alle gleich, nur ihre Ausdrucksformen unterscheiden sich ein wenig – und sie wollen alle das Gleiche: nämlich Anerkennung, Zufriedenheit und Glück.«

»Ja«, sagte Fatoumata Guindo, »je mehr Glück sie suchen, desto weniger finden sie.«

»Tja, ich glaube, ich hole mal die Pläne.« Stefan wies nach innen, und Fatoumata folgte ihm, blieb aber hinter dem Eingang stehen. »Sie wohnen auch hier?«

Stefan ging in die Küche. »Also ich brauche jetzt einen Schluck kaltes Wasser.« Er ging zum Kühlschrank, holte eine Plastikflasche heraus, die sofort beschlug, ging damit zu einem Hängeschrank über einer marmornen Anrichte und entnahm zwei Gläser. »Ich finde, es ist ungewöhnlich heiß für die Jahreszeit.«

Fatoumata Guindo stand in der Mitte der Küche und sah sich um. Sie nahm ihr gefülltes Wasserglas. »Das ist also die deutsch-malische Variante.«

Stefan trank sein Glas in einem Zug aus. »Obwohl es eigentlich wegen des Wüstenvorschubs ein Verbrechen ist, kochen nicht nur meine Haushaltshilfe, sondern auch ich meist mit Holzkohle – deshalb die Kochstelle am Fenster.«

Auch Fatoumata leerte ihr Glas. »›Haushaltshilfe‹ ist kein Äquivalent für ›Bonne‹, finde ich, eine ›Bonne‹ hat in viel weiterem Umfang zur Verfügung zu stehen als eine Putz- und Kochhilfe.«

»Dann nehmen wir ›Bonne‹ eben als Lehnwort«, schlug er vor.

Fatoumata ging zum Vorhang, der das Schlafzimmer abtrennte, schob ihn ein wenig beiseite und sah hinein. Sie ließ den Vorhang wieder zufallen und setzte sich auf die Eckbank.

»Für einen Mann, der zölibatär lebt, ist es ganz schön sauber und aufgeräumt bei Ihnen! Alle Achtung!«

Stefan stellte die beiden Gläser in die Spüle. »›Zölibatär‹ ist meines Erachtens eine zu direkte Übersetzung aus dem Französischen. ›Als Junggeselle‹ wäre da eher angebracht.«

»Hat Ihnen mein Mann denn noch keine Frau angewiesen?«

»Nicht nur er«, Stefan ging zum Küchentisch, »aber mit den Frauen ist es so eine Sache hier in Mali.«

»Ach ja?«

Er setzte sich an die andere Ecke des Tisches, sodass die gesamte Diagonale zwischen ihnen war.

»Letztlich wollen sie doch alle nur Geld.«

»Das ist ihr gutes Recht, das ist ihre einzige Chance, sonst haben sie keine – als Frauen in Afrika.«

»Insofern liegt es an den afrikanischen Verhältnissen«, entgegnete Stefan, »nicht an den afrikanischen Frauen.«

»Stört es Sie nicht, wenn jeder hier reinsehen kann?«, fragte Fatoumata. »Gerade nachts merken Sie es doch nicht, wenn draußen jemand steht?«

»Ich habe nichts zu verbergen.«

»Aber vielleicht will jemand nicht mit Ihnen gesehen werden!«

»Das fände ich eher bedauerlich.«

»Manchmal ist es auch gefährlich.«

Sie sah so intensiv zum Fenster hinaus, dass er ihrem Blick folgte. Menschen gingen vorbei, jemand sah hinein zu ihnen. Fatoumata sah Stefan an und lächelte müde: »Derselbe Mann kam eben aus der anderen Richtung. Ich muss jetzt gehen«, sagte sie leise und ging zur Tür.

»Wir können ja …« Er folgte ihr.

»Ja.« Sie hob ihre Hand, um den Vorhang aufzuschieben. Er hatte von hinten auch an den Vorhang gegriffen und ihre Hände berührten sich – und ein elektrischer Blitz ließ sie beide zurückzucken.

Die Sonntagsruhe

»Außergewöhnliche Situationen«, eröffnete Oberstaatsanwalt Dr. Ludwig Höfl die sonntägliche Sitzung in seinem Büro, »erfordern außergewöhnliche Maßnahmen – ich bitte also die Störung der Sonntagsruhe zu entschuldigen!«

Das beifällige Gemurmel seiner Gäste drückte keinerlei Unwillen aus.

»Mir ist das nicht unrecht«, ließ Rolf Staudinger verlauten, seines Zeichens Kriminalhauptkommissar bei der Münchner Kripo. »So bleibt es mir erspart, die Leier von der deutschen Einigkeit anzuhören, die kennen wir ja nun wirklich langsam zur Genüge!«

»Leider hab ich nichts zum Anbieten«, entschuldigte sich Höfl, »unsere Kantine ist den allgemeinen Sparmaßnahmen zum Opfer gefallen.« Er seufzte. »Ich möchte mal wissen, was passieren würde, wenn wir bei unserer Arbeit sparen würden.«

Die Runde grunzte beifällig.

»Ich hab was mitgebracht«, sagte Rosalind Schörghuber und zauberte eine Schachtel Kekse aus ihrer Handtasche. Sie öffnete sie und legte sie auf Höfls Glastisch: »Bedienen Sie sich, meine Herren! Bloß keine falsche Gschamigkeit!«

»Des ist ja wirklich sehr nett von Ihnen.« Ludwig Höfl griff als Erster zu.

»Ich bin nämlich ganz aufgeregt!«, gestand Rosalind Schörghuber, »ich kanns immer noch nicht glauben, dass sich endlich was tut – wenn Sie wüssten, wie oft wir darüber schon bei uns im Museum geredet und uns gefragt haben, was man tun könnte, damit da endlich was in Gang kommt.« Sie sah auffordernd zu ihrem Nachbarn. »Nicht wahr, Herr Seegers, das können Sie doch bestätigen!«

Willy Seegers war Archäologieexperte des Münchner Völkerkundemuseums, er nickte.

»Ich bin auch beauftragt, im Namen unserer Chefin vor allem Ihnen, Herr Dr. Höfl, den ganz besonderen Dank des gesamten Vorstandes auszusprechen.«

»Vielen Dank«, antwortete Höfl, »aber das muss ich auch an Frau Schörghuber weitergeben. Hätten wir uns nicht damals vor der ›Galerie der Kulturen‹ getroffen, wäre der Stein gar nicht ins Rollen gekommen.«

»Wir haben schon so viele Vorstöße in politischer Hinsicht unternommen«, fuhr Seegers fort, »aber immer nur ausweichende Antworten bekommen, obwohl uneingeschränkt bestätigt wurde, dass es sich um eine international brisante Frage handelt, die nach einer eindeutigen Beantwortung schreit!«

»Ja, ja«, ließ sich an dieser Stelle Kriminalhauptkommissar Staudinger vernehmen, »wenn die Politik versagt, muss die Polizei die Kohlen aus dem Feuer holen, das Spiel kennen wir schon – aber dafür sind wir ja da.« Angriffslustig sah er in die versammelte Runde.

»Eins nach dem andern, Staudinger!«, sagte Höfl, »wir betreten hier Neuland, da will jeder Schritt gut überlegt sein, sonst geht der Schuss nach hinten los!« Er wandte sich an Rosalind Schörghuber. »Wissens, der Staudinger, des is a Stier – wenn der rot sieht, kennt der nix!«

»Wie auch immer«, gab Seegers zu Protokoll, »das kulturelle Selbstverständnis schärft sich auf der ganzen Welt, ein Prozess, der nicht mehr rückgängig zu machen ist, den aber skrupellose Geschäftemacher, egal welcher Herkunft und egal welcher Hautfarbe, versuchen auszunutzen, um sich am Kulturerbe der Menschheit individuell zu bereichern.«

»Und genau deshalb sind wir heute hier zusammengekommen«, fasste Oberstaatsanwalt Dr. Ludwig Höfl zusammen, »Staudinger, verraten Sie uns doch einfach mal, was Sie bis jetzt herausgefunden haben!«

»Morgen, dreizehn Uhr fünf, Air France AF 915 aus Paris kommend, Ankunft Philipp Laube, umgestiegen aus AF 805 aus Bamako, mit, nach Einschätzung verschiedener vertraulicher Gesprächspartner, einem millionenschweren antiken

Kunstschatz im Gepäck.« Er wandte sich an Willy Seegers. »Einzelheiten in Ihrer Zuständigkeit.«

»Toll!«, entfuhr es Rosalind Schörghuber, die Staudinger kopfschüttelnd ansah, »wie haben Sie das alles herausgefunden?!«

»Das ist unser Beruf, gnädige Frau«, sagte Staudinger und tippte seine Fingerspitzen aufeinander, »dafür sind wir da!«

»Toll!«, wiederholte Rosalind Schörghuber, »ich freu mich so!«

»Soll das heißen«, fragte Willy Seegers, »dass wir dann auf der Matte stehen und das«, er sah Staudinger an, »Schätzchen erst mal unter die Lupe nehmen können?«

»Genau das soll es heißen«, bestätigte Höfl, »und genau dazu benötigen wir Ihre fachkundige Mitarbeit!«

»Nichts lieber als das.« Seegers griff nach einem Keks.

Staudinger rieb sich grinsend die Hände. »Auf geht's beim Schichtl!«, schloss er die Sitzung.

Die Drohung

Die Torflügel des Wueleguem'schen Palastes klappten auf Fatoumatas Hupen hin von unsichtbarer Hand auf – und der Wächter schloss sie, noch bevor Fatoumata ihren Wagen im Hof geparkt hatte. Daraufhin öffnete er ihre Wagentür, begrüßte sie respektvoll und teilte ihr mit, dass ihre Mutter sie erwarte. Sie stieg aus und beobachtete die beiden Pfauen, die zwischen den Sträuchern stolzierten. Dann nahm sie ihre Handtasche und schlug die Wagentür zu – fester als nötig.

»Nimm die Sonnenbrille ab, wenn du mit mir sprichst, mein Kind«, sagte Hawa Bamia.

Fatoumata tat, wie ihr geheißen, und verstaute die Sonnenbrille in ihrer Handtasche.

»Setz dich.« Hawa Bamia, die auf einem Plüschsessel am Couchtisch in ihrem Salon saß, wies auf den Sessel neben sich. Sie sah ihre Tochter wohlwollend, aber streng an. »Und?«, fragte sie schließlich.

»Ach«, antwortete Fatoumata, »alles gut, keine Probleme.«

»Und mit Dauda – alles in Ordnung?«

»Warum fragst du, Mutter?«

Hawa Bamia stand auf, ging zur Tür und schaltete den Ventilator ein. »Es ist ungewöhnlich heiß für diese Jahreszeit, findest du nicht auch, mein Kind?«, fragte sie.

Fatoumata nahm ihr Kopftuch ab.

Hawa Bamia ging zu Fatoumatas Sessel, stellte sich neben sie und strich über ihre Haare: »Was ist mit dir, mein Kind? Was hast du in der Stadt gemacht?«

»Wir mussten die Ausreise des Deutschen heute Abend vorbereiten, damit es keine Probleme gibt.« Fatoumata strich mit ihrer Hand über den Couchtisch, auf dem künstliche Blumen in grellen Farben standen.

»Schau mir in die Augen, mein Kind«, forderte ihre Mutter. »Was hast du bei dem Schreiner gemacht?«

Fatoumata sah durch ihre Mutter hindurch.

»Du bist nun schon seit zwei Jahren mit Dauda verheiratet und hast immer noch kein Kind von ihm. Du hast nicht das Recht, dich ihm zu verweigern.«

»Hat er sich bei dir beklagt?«, fragte Fatoumata.

»Ich habe ihn gefragt, weil ich spüre, dass etwas nicht stimmt bei euch. Du darfst ihn nicht zurückweisen«, wiederholte ihre Mutter, »er ist dein Mann!«

»Ich habe ihn mir nicht ausgesucht«, sagte Fatoumata leise.

»Was fällt dir ein!«, fuhr ihre Mutter sie an. »Du hast froh und dankbar zu sein, dass wir diesen Mann für dich ausgesucht haben. Stattdessen gehst du zu diesem Schreiner«, fuhr Hawa Bamia unerbittlich fort, »zu einem anderen Mann, und dann auch noch zu einem Weißen!«

»Dauda hat ihn engagiert, damit er meine Küche renoviert! Das weißt du doch, Mutter.«

»Warum besuchst du ihn dann?«

»Um bestimmte Sachen zu besprechen.« Fatoumata zuckte mit den Achseln, »es lag auf dem Weg zurück.«

Hawa Bamia streichelte Fatoumatas Arm und sah sie liebevoll an. »Ich bin deine Mutter, mein Kind. Du kannst mir deine Gefühle nicht verheimlichen. Du willst ihn doch nur, weil er weiß ist!«, insistierte sie milde.

Fatoumata riss sich von ihrer Mutter los. »Ich hatte genügend Gelegenheit, weiße Männer auszuprobieren!«

Hawa Bamia kniff ihre Lippen zusammen. »Wir hätten dich nie nach Deutschland schicken sollen. Ich war immer dagegen, ich wusste, dass das nur Unglück bringt.«

Fatoumata lachte: »Dann hättet ihr mich aber nicht an Dauda verschachern können, damit er mich für seine Geschäfte einsetzen kann.« Sie stand auf. »Für seinen Trieb muss ihm Aisha reichen. Oder seine zahllosen Mätressen in der Stadt!«, fügte sie hinzu und wandte sich zur Tür. »Er kotzt mich an!«

Hawa Bamia stand ebenfalls auf. »Wenn du dich mit diesem Schreiner einlässt, wird es ein Unglück geben«, warnte sie, »lass dir das von deiner Mutter gesagt sein!«

Fatoumata drehte sich in der Tür noch einmal um und fragte mit gerunzelter Stirn: »Soll das eine Drohung sein?«

»Ja«, sagte ihre Mutter.

Die letzte Chance

»Ich muss sagen«, befand Philipp Laube, während er sich in Wueleguems renoviertem Büro umsah, »es hat sich enorm verbessert! Dieser dezente Minimalismus«, er breitete seine Arme auf dem mit Dogonmotiven bedruckten Leinensofa aus, »das hat was!«

»Danke.« Dauda Wueleguem stand an seiner Aktenablage. Er schloss die Schublade, aus der er eine Mappe entnommen hatte, und ging zu seinem Schreibtisch zurück. »Ich brauche immer Veränderung«, sagte er fast drohend.

»Allerdings, wenn ich mir erlauben darf, das zu bemerken«, fuhr Laube fort, »fast etwas unafrikanisch.«

»Ist ja auch von Ihrem Landsmann, den Sie so merkwürdig fanden.« Wueleguem setzte sich. »Das Rechtssystem, in dem ich arbeite«, fuhr er fort, während er die mitgebrachte Mappe öffnete, »ist auch von den Franzosen eingeführt, also unafrikanisch! Da bleiben vom vielgepriesenen ›Dialog der Kulturen‹ dann eben nur noch ein paar gutgemeinte traditionelle Fetischsymbole.«

Laube musste aufstoßen. Er schluckte heftig, um den säuerlichen Geschmack in seinem Mund zu vertreiben, wodurch sein Gesichtsausdruck etwas Angeekeltes bekam. »Dieser Landsmann von mir ist bei der deutschen Botschaft übrigens unbekannt«, stieß er hervor und wehrte ein erneutes Aufstoßen ab. Er atmete tief durch, um sich zu beruhigen.

Die neue Sekretärin streckte ihr turmhoch frisiertes Köpfchen durch den lautlos geöffneten Türspalt.

»Der Herr, der schon zweimal angerufen hat, möchte Sie sprechen!«

Wueleguem sah mit gerunzelter Stirn hoch.

»Ich weiß«, zwitscherte die junge Frau, »er hat keinen Termin, aber ... was soll ich machen?«

»Hm«, knurrte Wueleguem und nickte. Türmchen schlüpfte hinaus und schloss lautlos die Tür.

»Auch neu?«, grunzte Laube, »Sie sind mir ja ein ganz Schlimmer!«

»Ich sagte doch«, sagte Wueleguem und stand auf, »Abwechslung ist das halbe Leben.« Er federte in Richtung Tür. »Außerdem werden sie nach mehr als drei Monaten frech, meinen, sie könnten Ansprüche stellen oder gar mehr.« Dann öffnete er die Tür und breitete seine Arme aus: »Herzlich willkommen, mein Vater«, begrüßte er den Besucher.

Ein sehr alter Mann in einem langen dunkelblauen Gewand und einem weißen Fez auf dem Kopf trat ein. Er ging langsam und atmete schwer. Wueleguem führte ihn zu einem Sessel, wobei die beiden die vorgeschriebenen Begrüßungsfloskeln in der Sprache der Dogon austauschten und wiederholten. Wueleguem setzte sich ebenfalls, und die Begrüßungsfloskeln wurden ein drittes Mal wiederholt.

»Darf ich vorstellen«, Wueleguem wandte sich an Laube: »Herr Yiribere Wueleguem, einer der Patriarchen unserer Familie, ja unserer ganzen Ethnie!« Der mächtige Dauda Wueleguem wirkte plötzlich wie ein kleiner Junge, der sich bemühte, keinen Fehler zu machen.

»Sehr angenehm.« Laubes Gesichtsfarbe changierte vom Gelblichen ins Grünliche.

Der Alte musterte ihn genau.

Türmchen erschien, stellte ein Glas Wasser vor den Alten, machte einen Knicks und verschwand wieder. Der Alte sah es nachdenklich an, dann wandte er sich an Dauda Wueleguem und sprach hart, böse, unerbittlich. Wueleguem sah zu Boden wie ein gescholtener Schulbub, der ab und zu leise um Abbitte flehte, was die Heftigkeit der Rede des Alten nur verstärkte. Laube hörte mit zunehmender Nervosität zu und kämpfte gegen aufkommende Schluckaufanfälle. Schließlich faltete der junge Wueleguem die Hände und bat ganz offensichtlich um etwas.

Der Alte nickte, blickte auf Laube, trank von seinem Wasser und lehnte sich im Sessel zurück.

Dauda Wueleguem räusperte sich, tippte seine Fingerspitzen aufeinander und dachte nach.

»Es ist so«, sagte er nach geraumer Zeit, »dass mein Patron mit dem Hogon von Bandiagara gesprochen hat und dieser, wie soll ich sagen, äußerst besorgt ist wegen des Verkaufs der *Awa*-Maske, deren Ausfuhr uns ja so viele Probleme bereitet.«

»Das habe ich mir fast gedacht«, knurrte Laube, und nun mischte sich etwas rötliche Farbe in sein Gesicht.

»In dieser Maske sei die Essenz der Dogon-Kultur repräsentiert«, fuhr Wueleguem fort, »vor allem, was die jahrtausendealte Tradition der Magie betreffe.« Er zögerte. »Dadurch stecke eine gewisse Eigenständigkeit in ihr, eine, wie soll ich sagen: Macht, die sich jeglichem menschlichen Zugriff entzieht.«

»Tja!«, sagte Laube, scharf von dem Alten beobachtet.

»Mein Patron«, fuhr Dauda Wueleguem gedehnt fort, »ist auch der Ansicht, dass der Unfalltod des Überbringers damit zusammenhängt, da es nicht folgenlos bleiben kann, sich dieses wichtigsten Artefakts unserer Kultur zu bemächtigen oder schärfer gesagt: ihn zu rauben.«

Laube lächelte gequält: »Sie glauben doch nicht im Ernst, dass ich auf dieser Ebene mit Ihnen diskutieren werde – ich respektiere selbstverständlich Ihre Kultur, aber wir haben eine andere.«

»Ich habe Ihnen ja schon davon berichtet, dass das Geld verschwunden ist«, setzte Dauda Wueleguem seinen Bericht fort, »das sei als Hinweis darauf zu verstehen, sagt mein Patron, dass niemand von diesem Geschäft profitieren werde.«

Laube versuchte ein spöttisches Lachen. »Verschwunden!«, höhnte er, »das hat sich die Polente unter den Nagel gerissen, erzählen Sie mir doch nichts – ich kenne ihre Pappenheimer!« Er bekam einen heftigen Schluckauf.

»Mein Patron ist der Meinung«, brachte Wueleguem schließlich heraus, »es sei das Beste, die Maske wieder seinen rechtmäßigen Besitzern zurückzugeben und die Sache auf sich beruhen zu lassen, wenn man weiteres Unglück verhindern wolle.«

Laube wurde kalkweiß. »Wie bitte?«, flüsterte er, »und wer gibt mir mein Geld zurück?« Er holte Luft. »Also nur, wenn man dieses absurde Denkmodell überhaupt mal durchdenken würde!«

»Herr Laube!«, rief Dauda Wueleguem, »die Sache ist für mich auch nicht ganz einfach. Auch als modern denkender Mensch bin ich in meine kulturellen Ursprünge eingebunden. Er …«, Wueleguem wies auf den Alten, der jedes Wort verfolgte, »ist aus Sorge um mich, meine Familie und mein Wohlergehen gekommen.«

Der Alte sagte etwas, knapp und kalt.

»Aus Sorge«, übersetzte Dauda Wueleguem leise und sah zu Boden, »um mein Leben.«

Vertrauen

»Der Zucker ist teurer geworden«, sagte Abdulaj, »gib mir noch mal fünfzig!«

»Wie?«, fragte Stefan, »teurer?«

»Das Päckchen kostet jetzt hundert«, antwortete Abdulaj.

»Das Doppelte?« Stefan griff nach seinem Kleingeld.

Abdulaj hielt die Hand auf.

»Einfach so?«, fragte Stefan, gab ihm hundert und deutete auf die fünfzig, machte mit den Fingern Zeichen, dass er sie zurückhaben wollte.

»Ja«, Abdulaj gab Stefan achselzuckend die 50-Francs-Münze, »einfach so.« Dann trabte er los in Richtung Bude, während der Muezzin der benachbarten Moschee seinen Ruf zum Abendgebet über die Dächer des Stadtviertels schallen ließ.

Mamadou lachte. Er saß vor der Kreissäge, fast auf dem Gehweg, und spielte auf seiner Ngoni, dem traditionellen malischen Harfeninstrument. »Das Kilo kostet jetzt sechshundert, vor Kurzem waren es noch dreihundertfünfzig!«

»Deswegen sollte man an sich immer gleich einen Sack kaufen«, stöhnte Stefan und ließ sich in den Sessel neben Mamadou fallen, »aber ich habe es aufgegeben, hier irgendwelche Vorratsplanung einzuführen.« Er lachte kopfschüttelnd. »Und wieso auch, wenn man jeden Tag von morgens um sechs bis nachts um zwölf gleich um die Ecke alles kriegt, was man braucht«.

»Der Sack kostet jetzt fünfundzwanzigtausend«, berichtete Mamadou.

»Na also«, sagte Stefan resignierend, »ich habe vor zwei Jahren noch siebzehn bezahlt – hat doch eh alles gar keinen Sinn.«

Mamadou lächelte und spielte den Refrain seines neuen Liedes. »Das wird auch wieder billiger«, sagte er.

»Und in der Zwischenzeit«, schimpfte Stefan matt, »haben sich einige Händler dumm und dusslig verdient und zahlen nicht mal Steuern.«

Mamadou zupfte an seinen Saiten. »Hier ist es, wie es ist und schon immer war, das kann man nicht ändern.«

Abdulaj kam mit Tee, Zucker und Minze zurück und feuerte sein Stövchen an. »*Gazelle* hatten sie nicht, gibt es angeblich nicht mehr – jetzt habe ich einen, der genauso aussieht und *Antilope* heißt.« Grinsend zeigte er den beiden das grüne Päckchen, in dem fünfundzwanzig Gramm grüner Tee abgepackt waren, gerade so viel, wie man für ein Kännchen braucht.

»Man kann es nicht nur nicht ändern«, seufzte Stefan, »sondern man wird selber so: Ich kaufe nicht nur nur das Allernötigste für das nächste Essen, ich kehre auch gebückt wie ein Taschenmesser mit dem Reisigbesen, während mein Besen aus Deutschland mit der langen Stange in der Ecke verstaubt, ich fahre mit dem *moto* und habe ein Kind vor mir und eine Frau hinter mir, die selbst auch noch ein Kind auf dem Rücken hat, ich habe einen manipulierten Stromzähler, meine Betriebsgenehmigung ist schwarz gekauft, und ich zahle höchstens für die Hälfte meines Umsatzes Steuern – kurz: Ich mache all das, was ich bei den anderen kritisiere, selber auch.«

»Du bist eben ein richtiger Malier geworden!«, sagte Mamadou lachend.

»Ist das ein Kompliment oder eine Kritik?«, fragte Stefan.

»Deshalb musst du jetzt endlich auch zwei Frauen nehmen«, meldete sich Abdulaj, »erst dann bist du wirklich ein richtiger Malier.«

»Eine ist zu viel«, antwortete Stefan, »und zwei sind zu wenig – das mit den Frauen muss man den Frauen überlassen.«

»Du wirst es schon noch sehen!«, prophezeite Abdulaj und fachte sein Feuer an.

»Ich lass mich überraschen«, sagte Stefan, »das hab ich in den Jahren hier gelernt: Es kommt sowieso anders, als man denkt, und oft sogar noch besser – da kann man sich den Aufwand auch sparen, alles so hinzubiegen, wie man es gerne hätte!«

»Es kommt, wie es kommt«, erklärte Mamadou, »und es kommt, wie es muss.«

Ein Taxi kam langsam herangefahren und hielt direkt vor der Schreinerei. Eine fast völlig verschleierte Frau bezahlte den Fahrer. Sie stieg aus und blieb kurz neben dem Taxi stehen; ihr Schleier ließ nur die Augenpartie frei. Sie ging langsam auf den Hauseingang zu, wo Stefan den Vorhang für sie aufschob.

Abdulaj, der neben dem Stövchen kauerte, grinste übers ganze Gesicht und zeigte Mamadou die geschlossene Faust mit gestrecktem Daumen. Dann lugte er in Richtung Küchenfenster und stand auf. Gebückt schlich er zum Fenster und sah vorsichtig hinein.

Kurz darauf kehrte er zu seinem Stövchen zurück, nahm es, balancierte es mit der Kanne auf der brennenden Holzkohle bis zu Mamadou und ließ sich neben ihm nieder.

»Sie sind direkt ins Schlafzimmer«, berichtete er und

lachte, »jetzt bekommt er endlich die Lektion, der er sich immer verweigert hat!«

Ein grüner Minibus fuhr hupend vorbei. Der Tee kochte zischend über, Abdulaj stopfte die aufquellenden Teeblätter zurück in den Bauch des Kännchens und goss seitlich ein wenig Wasser auf die Holzkohle.

»Wahrscheinlich küsst sie ihn jetzt und fasst ihm direkt zwischen die Beine«, er starrte auf das Holzkohlenfeuer, »und wenn er sie anfasst, stellt er fest, dass sie keinen Slip anhat!«

Die Hütchenspieler unter der Straßenlaterne gegenüber stritten sich, eine Verkäuferin von Fächern zog an ihnen vorbei, ein schwitzender Mann schob auf der anderen Straßenseite einen Leiterwagen mit mindestens fünf Meter langen Eisenstangen. Abdulaj nahm das Kännchen vom Feuer und lockerte die Holzkohle mit dem Griff seines Fächers auf.

»*Vertrauen, ja Vertrauen*«, hob Mamadou leise an zu singen, »*zu wem kann man Vertrauen haben? Zu wem kann man kein Vertrauen haben?*«

Eine Nüsseverkäuferin blieb stehen und hörte Mamadou zu.

»*Wir sind auf die Welt gekommen, um Vertrauen zu haben, die Männer, die Frauen, sie sind geboren, um Vertrauen zueinander zu haben.*«

Die Nüsseverkäuferin, ihren Farbeimer aus Hartplastik am Arm, nahm Nüsse vom Kopf und setzte sich auf den Eimer. Abdulaj nahm das zweite Kännchen, in dem sich Minze und Zucker befanden, und goss den kochenden Tee aus dem ersten Kännchen hinein.

»*Die Männer, die Frauen, sie sind geboren, um Vertrauen zueinander zu haben*«, wiederholte Mamadou, »*was hat das Leben für einen Sinn*«, er hob zum Refrain an, »*wenn man kein Vertrauen haben kann?*«

Die Nüsseverkäuferin nickte. Dann nahm sie eine Handvoll von ihren Erdnüssen, riss ein Stück vom Zementsackpapier ab, wickelte die Erdnüsse ein und legte das Päckchen zwischen Mamadou und Abdulaj.

»Danke!«, sang Mamadou. »*Vertrauen, ja Vertrauen – wir*

sind auf die Welt gekommen, um Vertrauen zueinander zu haben – was hat das Leben für einen Sinn, wenn man kein Vertrauen haben kann.«

Abdulaj verteilte Tee auf die drei vorbereiteten Gläser und reichte das Tablett Mamadou und der Nüsseverkäuferin.

Mamadou unterbrach sein Spiel und nahm sein Glas, die drei nickten sich zu und tranken – laut den Schaum schlürfend – in kleinen Schlucken. »Ajara!« – »Gut gemacht!« –, sagte die Nüsseverkäuferin, indem sie ihr Glas zurückgab und Mamadou bestätigte. Und so blieben die drei noch ein wenig zusammen und ließen schweigend den Tee in sich und die Abendatmosphäre um sich herum ihre Wirkung tun.

Erster Klasse

»Wo bleibt denn Fatoumata«, fauchte Wueleguem und sah auf seine Uhr. »Das hab ich ja noch nie erlebt.«

Er stand mit Philipp Laube unter dem abgesperrten Gang zur Abflughalle des internationalen Flughafens Bamako-Senou vor der ersten Ausweis- und Flugscheinkontrolle, die alle Nicht-Fluggäste abwies.

Laube sah hundeelend aus. »Brauchen wir sie denn wirklich so dringend?«

»Sie ist mein Maskottchen«, herrschte Wueleguem ihn an, »mit ihr geht alles wie geschmiert, in solchen Dingen bin ich abergläubisch!«

»Nicht nur in solchen Dingen«, seufzte Laube. Ratlos stand er neben Wueleguem, in der einen Hand sein Bordcase, in der anderen die umstrittene Maske in ihrer neu verklebten Verpackung.

Wueleguem, sein Mobiltelefon am Ohr, lauschte Fatoumatas Mailbox und betrachtete die die Kontrolle passierenden Fluggäste. »Das gibt Ärger, Mädchen«, knurrte er schließlich, steckte das Telefon in die Hosentasche und entnahm dieser einen Fünftausender.

»Hör mal, mein Sohn«, sprach er den Chef der drei kontrollierenden Polizisten an, »gleich kommt meine Frau Fatoumata und wird nach mir fragen« – er steckte ihm diskret den Fünftausender zu – »wenn wir nicht mehr beim Check-in sind, sind wir im Büro des Zoll-Chefs, verstanden?«

Der Uniformierte nahm Haltung an und legte zwei Finger an seine Kappe.

Wueleguem nickte Laube zu, und die beiden betraten die Abflughalle, in der sie von einem ernst blickenden Herrn in grauem Anzug mit dunkelblauer Krawatte empfangen und nur mit den allernötigsten Begrüßungsformeln bedacht wurden. Er trug ein Schildchen mit der Aufschrift »Security«. Vorbei an der Schlange der Wartenden steuerten sie direkt den VIP-Schalter an.

»Wir haben ein kleines Problem«, berichtete der Sicherheitsbeamte Wueleguem, »Herr Touré ist aufgrund eines Sterbefalls in der Familie heute Abend leider verhindert.«

»Das ist ja bedauerlich«, sagte Wueleguem, »aber er hat sicherlich das Nötige veranlasst.«

»Geht es Ihnen nicht gut?«, fragte der Check-in-Beamte der Flughafengesellschaft besorgt, während er hinter seinem Schalter Laubes Papiere entgegennahm.

Der Sicherheitsbeamte wand sich. »Das ist ja gerade das Problem«, gestand er und vermied es, Wueleguem in die Augen zu sehen. »Ich bin selbstverständlich über alles informiert – aber der Chef vom Dienst weiß von nichts und sieht sich außerstande, in derart weitreichenden Angelegenheiten selbstständig zu entscheiden.«

Wueleguem griff zu seinem Telefon. Inzwischen hatte der Check-in-Beamte etwas nach hinten gerufen, und während er Laubes Daten in den Computer tippte, erschien ein Angestellter der Air France mit misstrauischem Gesichtsausdruck.

Die beiden tuschelten und blickten Philipp Laube dabei prüfend an.

Nachdem er auf Tourés Mailbox gesprochen hatte, dass er um einen sofortigen Rückruf bitte, wandte sich Wueleguem an den Beamten am Check-in: »Stimmt irgendetwas nicht?«

»Der Gesundheitszustand des Passagiers …«, antwortete dieser und sah auf seinen Bildschirm.

»Wir müssen prüfen«, mischte sich der Air-France-Angestellte ein, »ob wir die Verantwortung für den Transport des Herrn übernehmen können, unter Umständen muss ein Arzt hinzugezogen werden.«

»Das hat ja gerade noch gefehlt«, Laube sah Wueleguem hilfesuchend an. Der kniff seine Lippen zusammen.

In diesem Moment erschien eine elegante, etwa fünfunddreißigjährige Frau in Kapitänsuniform. Ihrer Miene war zu entnehmen, dass sie ungehalten war. »Was ist hier schon wieder los?«, fuhr sie ihren Untergebenen an.

»Der Gesundheitszustand des Herrn«, rechtfertigte sich dieser und wies auf Laube.

Sie sah Laube prüfend an. Kurz nahm sie seine Daten auf dem Monitor zur Kenntnis. Dann nickte sie ihm höflich zu. »Wir machen das folgendermaßen«, erklärte sie dem Schalterbeamten, »wir upgraden den Herrn von der Businessclass in die erste Klasse«, sie lächelte Laube gewinnend an, »und Sie veranlassen eine kleine Spende für das Kinderhilfswerk von Air France.«

Damit wandte sie den versammelten Herren den Rücken zu und verschwand wieder.

»Donnerwetter!«, sagte Laube, als er seine Bordkarte entgegennahm, »manchmal geschehen eben doch noch Zeichen und Wunder!«

Er und Wueleguem folgten dem Sicherheitsbeamten. Das Büro des *Chef de Douane* war etwa in der gleichen käsigen Farbe gestrichen wie Laubes Gesicht, zwei zerfetzte Plakate von Schlagersängerinnen hingen an der Wand, und das Resopal des Schreibtisches blätterte ab. Der Chef vom Dienst schüttelte den Kopf. »Sie müssen mich verstehen, gerade in der jetzigen Situation ist es mir unmöglich, ohne Rückendeckung etwas zu veranlassen.«

»Könnten wir«, fragte Wueleguem, »das Problem vielleicht mit hunderttausend unter Freunden lösen?«

Philipp Laube wurde augenblicklich leichenblass und bekam einen heftigen Schluckauf.

»Francs«, fügte Wueleguem milde hinzu, und Laube atmete auf.

Der Chef vom Dienst stöhnte. »Ausnahmsweise«, gab er sich geschlagen, »aber Sie wissen –«

»Selbstverständlich«, schnitt Wueleguem ihm das Wort ab.

Schwer atmend sank Philipp Laube in den Erste-Klasse-Sessel des Air-France-Jumbos und blickte durch das Bullauge in die sternenklare Nacht. Mit eisiger Liebenswürdigkeit servierte die Stewardess Veuve Cliquot. »Wie schön könnte das Leben doch sein«, seufzte er und sah traurig auf seine Maske.

Einmal ist keinmal

»Abdulajs kleiner Bruder hat angerufen«, berichtete Mamadou, als Stefan aus dem Haus kam, »seine beiden Frauen machen Palaver!« Er grinste böse. »Das halbe Stadtviertel ist zusammengelaufen und amüsiert sich.«

Stefan lächelte und setzte sich auf den Sessel neben Mamadou.

»Ich habe ihm das vorher gesagt«, fuhr Mamadou fort, während er den zweiten Aufguss Tee in den Gläsern aufschäumte, »aber er wollte es ja nicht glauben.«

»Ich auch!« Stefan fuhr sich mit beiden Händen übers Gesicht.

»Du kommst genau richtig«, Mamadou goss zwei Gläschen voll, »der zweite ist gerade fertig!«

»Den kann ich jetzt brauchen«, Stefan nahm dankbar ein Gläschen vom Tablett, »selbst wenn ich dann nicht schlafen kann!«

»Zum Wohl«, sagte Mamadou.

Ein Mann ohne Beine, der auf einem Rollbrett kauerte und es mit seinen Händen vorwärtsstieß, fuhr auf der Straße vorbei und winkte den beiden aufmunternd zu.

Mamadou griff zu seiner Ngoni. »*Geduld muss man haben*«, sang er, »*Geduld, ja Geduld.*«

»Ich hab sie hintenrum raus zum Taxi gebracht«, berichtete Stefan, »sie wollte nicht gesehen werden.«

»Zu spät«, sagte Mamadou.

»Einmal ist keinmal«, rechtfertigte sich Stefan, aber als Mamadou ihn ansah, wich er seinem Blick aus.

»Sie wird wiederkommen.« Mamadou legte seine Ngoni zur Seite und nahm die Teekanne, um den dritten Aufguss vorzubereiten. »Wenn eine Dogonfrau etwas will, dann bekommt sie es.«

»Vergiss es«, seufzte Stefan. Er lehnte sich in seinem Sessel zurück und streckte alle Viere von sich: »Für Fatoumata war's das.«

»Und für dich?« Mamadou erzeugte zischend Schaum.

»Was kann ich einer solchen Frau schon bieten?«

»Das Leben!« Mamadou ließ das Kännchen sinken. »Mit Wueleguem ist es doch ein Albtraum.«

Die Salzsäule

Wueleguem federte im Salon auf und ab. »Was fällt diesem Miststück eigentlich ein?«, fauchte er, »als ob wir nicht genügend andere Probleme hätten!«

Hawa Bamia saß auf dem Sofa. Heftig klappte sie ihr Buch zu. »Sie hat sich verändert in letzter Zeit«, sagte sie, »irgendetwas geht in ihr vor!«

Wueleguem blieb am Fenster stehen, sah in den Hof hinunter und dann auf seine Uhr. »Es ist fast Mitternacht!«, rief er.

»Jemand macht bösen Zauber mit ihr«, sagte sie. »Ich weiß nicht, warum, aber ich werde es herausfinden.«

»Ach, Quatsch«, rief Wueleguem und nahm seinen unruhigen Gang vor dem Sofatisch wieder auf, »sie hat einen aufsässigen Charakter, das ist das Problem!«

»Das stimmt nicht«, widersprach Hawa Bamia, »sie war das liebste, anschmiegsamste kleine Mädchen der Welt – bis sie nach Deutschland ging, damit begann das Unglück.«

»Sie war schon immer unangepasst«, knurrte Wueleguem, »ich dachte nur, das legt sich, wenn man ihr die Möglichkeit gibt, ihre besonderen Fähigkeiten zu entfalten.«

»Ich war immer dagegen, dass sie nach Deutschland geht«, wiederholte Hawa Bamia, »dort hat sie ihre Kultur vergessen, ihre Wurzeln, ihre Tradition.«

Wueleguem ließ sich in einen Sessel fallen. »Niemand

kann seine Tradition vergessen, das geht gar nicht. Die Tradition passt ihr nicht in den Kram, das ist es, sie ist nicht bereit zu gehorchen, sich unterzuordnen und ihrem Mann zu Willen zu sein! Stattdessen meint sie, sie könne bestimmen, wo es langgeht – unfassbar!« Er schlug sich mit der Faust in die offene Handfläche und sprang wieder von seinem Sessel hoch. »Dir werden wir die Flausen austreiben, wart's nur ab, du Früchtchen.«

»Das hat sie alles in Deutschland gelernt«, wiederholte Hawa Bamia, »und jetzt hat ihr jemand den Deutschen ins Haus geschickt, der sie vollends verrückt macht.«

»Unsinn!«, rief Wueleguem wütend, »ich selbst habe ihn bestellt!« Er blieb stehen: »Was kann der ihr schon geben? Er hat nichts, und er ist nichts – völlig lächerlich!«

Hawa Bamia sah auf ihr geschlossenes Buch. »Du kennst die Frauen nicht, mein Sohn«, sagte sie leise, »hör auf mich, ich meine es gut mit dir und will nur das Beste für euch beide.«

»Hawa!«, rief Wueleguem, »die Zeiten haben sich geändert, nichts ist mehr, wie es einmal war, auch dem müssen wir uns anpassen.« Er suchte nach Worten. »Man darf es nur nicht übertreiben, wie Fatoumata es tut!«

»Schick sie zurück nach Bandiagara, das ist das Beste, ich sag es dir! Hör auf meinen Rat!«

»Mitternacht!« Wueleguem klatschte in die Hände vor Wut.

In diesem Moment hörten sie das Quietschen des großen Tors. Ein Wagen fuhr in den Hof.

Endlose Minuten vergingen, bis die Tür sich öffnete und Fatoumata erschien.

»Guten Abend«, sagte sie.

»Wo warst du?«, fragte Wueleguem mit bebender Stimme.

»Bei einer Freundin«, antwortete Fatoumata und wandte sich ihrer Mutter zu: »Wie geht es dir, Mutter?«

»Du lügst«, flüsterte Wueleguem heiser, »du warst bei dem Schreiner, du widerliche kleine Nutte!«

Hawa Bamia warf ihr Buch knallend auf den Sofatisch und stand auf. Fatoumata sah Wueleguem direkt an: »Das sagst du mir kein zweites Mal, Dauda Wueleguem.«

»Was fällt dir ein«, schrie Wueleguem mit überschnappender Stimme, lief auf sie zu und holte mit dem rechten Arm weit aus, »so mit deinem Mann zu sprechen!« Er schlug ihr ins Gesicht.

Hawa Bamia heulte auf und rannte aus dem Zimmer. Fatoumata berührte mit der linken Hand ihr Gesicht und betrachtete das Blut in ihrer Hand. Dann drehte sie sich um und verließ den Raum.

Unter dem Mangobaum

Stefan beugte sich über sein Telefon und erkannte Fatoumatas Nummer.

»Ich muss mit dir reden.« Ihre Stimme klang angespannt.

»Was ist los?«, fragte Stefan.

»Ich stehe hinten«, sagte Fatoumata müde, »ich möchte nicht, dass man mich sieht.«

Fatoumata war noch tiefer verschleiert als am Tag zuvor. Sie stand an einem von Büschen verborgenen Tor hinter Stefans Haus. Erst nachdem Stefan das Tor wieder verschlossen hatte, lüftete sie den Schleier, und er sah, dass ihr linkes Auge geschwollen war.

Er griff mit beiden Händen nach ihrer rechten Hand und küsste sie: »Was ist passiert?«

»Ein kleiner Unfall«, lächelte sie und zuckte mit den Achseln, »nicht der Rede wert.«

Dann lehnte sie sich an ihn und ließ ihren Kopf auf seine Schulter sinken.

Er legte seinen Arm um sie.

»Ich muss weg von hier«, sagte sie.

»Wie meinst du das?«

»Lass uns nach Deutschland gehen!« Fatoumata entfernte den Rest ihres Schleiers, »Ich will mit dir zusammenleben.«

»Meinst du nicht«, fragte Stefan, »wir sollten uns erst ein bisschen besser kennenlernen?«

»Man erkennt sich entweder im ersten Moment oder gar nicht.« Fatoumata legte ihre Hand auf seine. »Hast du das verstanden jetzt? Ich halte es nicht mehr aus, ich halte es schon lange nicht mehr aus, aber ich hatte keine Perspektive! Wir beide können ein neues Leben aufbauen, hast du das verstanden?«

»Ja …« Stefan sah auf seine Fingernägel.

»Alle, die eine Zeit lang in Europa waren, sind nicht mehr dieselben, wenn sie zurückkommen. Man kommt zurück, aber man kommt nie wieder an, etwas ist für immer verloren, etwas ist zerstört, und von da an lebt man weder hier noch dort.«

»Zwischen den Stühlen«, nickte Stefan. »Deshalb ginge es mir doch genauso, wenn ich nach Deutschland zurückkehrte, uns beiden ginge es so!«

»Wir können ja später wieder nach Afrika zurück, aber jetzt würde er mich in Afrika überall finden.«

»Du hast Krach mit deinem Mann gehabt?«

Fatoumata nickte.

»Wegen mir?«

»Nicht nur.«

»Aber das hat das Fass zum Überlaufen gebracht?«

»Es ist die Hölle«, erklärte sie, »ich bin nur sein Werkzeug, er kennt nur seine Interessen, und er bekommt alles, was er will.«

»Das heißt«, vergewisserte sich Stefan, »er wird ungemütlich, wenn du ihn verlässt.«

Fatoumata nickte. »Deshalb will ich nach Deutschland.«

Stefan seufzte leise. »Deutschland ist für mich die Hölle! Das kannst du nicht verstehen.«

Sie beugte sich zu ihm. »Unseretwegen«, sagte sie leise und sah zur Tür.

Stefan nickte.

Der Zug ist abgefahren

»Nein«, sagte Abdulaj im selben Moment auf der anderen Seite des Hauses zu einem Mann in einem einheimischen braunen Arbeitsanzug, der »den Chef« sprechen wollte, »er ist nicht da.«

»Kann ich denn dann wenigstens mal die Werkstatt sehen?«, fragte der Mann und lugte in Richtung Küchenfenster.

»Da sind die Privaträume, die Werkstatt ist hier.« Abdulaj deutete auf die Fenster der anderen Seite.

»Ich vergebe doch keinen Auftrag in dieser Größenordnung«, fuhr der Mann im braunen Anzug fort und musterte die Fenster der Privaträume, »ohne eure Möglichkeiten zu kennen.«

Abdulaj verschränkte die Arme und postierte sich so, dass der Braune nicht an ihm vorbei konnte.

»Später!«

»Wenn ich nicht von mehreren Seiten gehört hätte, dass der Deutsche so gut sein soll«, sagte der Anzugträger, »würde ich woanders hingehen.«

»Wir sind die besten.« Abdulaj nickte dem vermeintlichen Neukunden zu.

»Na gut, ich komme wieder.«

»So Gott will«, schloss Abdulaj.

Das böse Lächeln des Mannes sah er nicht.

Der Staatsempfang

Nachdem der Air-France-Airbus aus Paris mit der Kennnummer 915 auf dem Münchner Franz-Josef-Strauß-Flughafen zum Stehen gekommen war, atmete Philipp Laube einmal tief durch, sah auf die Maske und streichelte sie. »Haben wir's geschafft, wir zwei beide – war 'ne schwere Geburt, was?«

»Wie bitte?«, fragte die gläsern lächelnde Stewardess, die Laube sein Jackett reichte.

»Ach, nichts«, antwortete er und grinste verloren, »Selbstgespräche eines glücklichen Heimkehrers!«

»Dann ist ja alles ist Ordnung«, befand sie mit gefrorener Freundlichkeit, während Laube umständlich in die Ärmel seines Jacketts schlüpfte.

Zurück in der Zivilisation hatte sein bleiches Gesicht schon fast wieder eine normale Hautfarbe angenommen. Selbst der Grenzpolizist in der vertrauten grünen Uniform verleitete ihn zu einem leutseligen: »Ist ja schon was Schönes, wieder zu Hause zu sein.« Und hinter der Zollkontrolle wurde er von einem freundlichen Herrn im Lodenmantel und mit Gamsbarthut empfangen.

»Gestatten, Höfl«, sprach dieser ihn an und streckte ihm lächelnd die Hand entgegen, »Herr Philipp Laube?«

Laube wechselte seinen Schatz von der rechten in die linke Hand, um den Gruß erwidern zu können. »Sehr richtig«, bestätigte er, »was verschafft mir die Ehre?«

»Oberfinanzdirektion München, Staatsanwaltschaft Steuerfahndung«, antwortete Höfl, »wir hätten uns gerne ein wenig mit Ihnen unterhalten, wenn es Ihnen recht ist, nur Routine, nichts Aufregendes.«

Augenblicklich meldete sich Laubes Übelkeit zurück, als wäre sie nie verschwunden gewesen. »Worum geht es denn?«, fragte er leise, obwohl er die Antwort wusste.

»Schauen Sie«, antwortete Höfl und wies auf eine wenige Meter entfernte Tür aus weißem Mattglas, »da ist unser Büro – fünf Minuten, und wir haben den Zirkus hinter uns!«

Rosalind Schörghuber hing an Willy Seegers' Lippen.

»Und?«, fragte sie atemlos.

Sie, Höfl, Laube und Seegers standen an jeweils einer Seite eines rechteckigen, mit grauem Resopal belegten Tisches, auf dem die Maske lag, die Seegers, mit Lupe und Chemikalien bewaffnet, nach allen Regeln der Kunst prüfte.

»Meine Damen und Herren«, hob Seegers schließlich an, nachdem er seine erste Untersuchung beendet hatte, »hier handelt es sich um ein historisches Stück, wie wahrscheinlich kein zweites in Deutschland zu finden ist.«

»Sauber!«, ließ Staudinger sich vernehmen, der sich in einem Sessel in der hintersten Ecke des kleinen Raumes fläzte, »darf ich das so verstehen, dass wir einen Volltreffer gelandet haben?«

»Dieses Stück«, antwortete Seegers mit bebender Stimme, »übertrifft meine Erwartungen um ein Vielfaches. Wenn sich die Altersanalysen bestätigen, meine Damen und Herren ... ich muss Ihnen sagen – ich hätte nicht gedacht, dass es so etwas überhaupt noch gibt.«

»Ja, aber das ist doch wunderbar«, rief Rosalind Schörghuber strahlend und klatschte vor Freude in die Hände, »dann ist das ja ein historischer Tag in der Geschichte der Archäologie!«

»Wie darf ich das verstehen?«, fragte Philipp Laube und versuchte, seiner Stimme einen festen Klang zu geben.

Rosalind Schörghuber wandte sich an ihn: »Geht's Ihnen nicht gut? Sie haben ja eine ganz ungesunde Gesichtsfarbe!«

»Ich bin in der Tat etwas unpässlich«, gestand Philipp Laube, »und diese Situation hier trägt nicht gerade zu einer Linderung bei!«

»Das tut uns sehr leid«, sagte Oberstaatsanwalt Dr. Ludwig Höfl milde, »aber es handelt sich hier um eine Angelegenheit von übergeordnetem politisch-gesellschaftlichen Interesse – da können wir auf private Befindlichkeiten leider keine Rücksicht nehmen.«

Rosalind Schörghuber sah ihn so dankbar wie bewundernd an.

»Aber vielleicht könnten wir«, fragte sie Höfl, »dem Herrn Laube ärztliche Hilfe zukommen lassen, hier gibt's doch bestimmt eine Notfallstation?«

Laube wollte abwehren, aber ein heftiger Schluckaufanfall verschlug ihm die Sprache.

»Wir können die Sache ja ganz einfach abkürzen«, mischte sich Staudinger aus der hinteren Ecke des Raumes ein und stand auf. »Herr Laube, ich muss Sie darüber informieren, dass wir uns gezwungen sehen, aufgrund der unübersehbaren Weiterungen dieses Falles ihr kleines Mitbringsel vorübergehend zu beschlagnahmen – jedenfalls, bis alle Unklarheiten beseitigt sind.« Er pflanzte sich hinter Laube auf und stemmte seine Fäuste in die Seiten.

»Ja, aber«, würgte Laube heraus, »ich habe doch alle Ausfuhrgenehmigungen« – sein Magen drehte sich buchstäblich um.

»Wir sind hier aber bei der Einfuhr«, trompetete Staudinger hinter ihm, sodass Laube unwillkürlich herumfuhr. Und ein gelblich-bräunlicher Strahl halbverdauten *petit déjeuners* spritzte auf Staudingers lässiges Lederjackett und den Strickpulli darunter.

Staudinger hob reflexartig die Hände und sah entsetzt auf die Bescherung. »Ja, jetzt geht's aber los!«, rief er, »haben Sie nicht mehr alle Tassen im Schrank, oder was ist mit Ihnen los?«

»Also ich geh jetzt einen Arzt holen!«, rief Rosalind Schörghuber und verließ den Raum, während sich Staudinger, unverständliche Verwünschungen ausstoßend, zu dem kleinen Waschbecken begab, das sich neben seinem Stuhl in der hinteren Ecke des Raumes befand. Höfl legte seinen Arm beruhigend auf Laubes Schulter, der sich seinerseits schwer atmend gesetzt hatte und stammelte: »Ich hab doch alles völlig legal gemacht!«

»Die Gesetze«, klärte Oberstaatsanwalt Dr. Ludwig Höfl ihn auf, »sind überall verschieden und ändern sich ständig!«

»Das kann doch wohl nicht wahr sein«, stöhnte Laube.

»Auch die Wahrheit«, entgegnete Höfl unerbittlich, »ist meist Ansichtssache.«

Die Warnung

»Mamadou!!!«, schrie Stefan und blieb wie angewurzelt im Eingang zur Küche stehen. Unter dem Vorhang zu seinem Schlafzimmer kringelte sich eine Schlange, zischend stieß sie die Zunge aus ihrem dreieckigen, schuppig glänzenden Kopf. Stefan wagte nicht zu atmen.

Mamadous Kopf erschien zwischen den Stoffbahnen.

»Was ist denn los?«, fragte er lachend, wurde aber sofort ernst, als er sah, worauf Stefan deutete.

»Rühr dich nicht«, sagte er leise und drehte sich um, »ich mach das schon.«

Eine endlose Minute verging, in der Stefan die Schlange und die Schlange Stefan fixierte, während sie immer wieder zischend ihre hässliche dünne Zunge herausstieß. Mamadou kam mit einem Spaten in der Hand und bewegte sich langsam auf das giftige Tier zu. Es zischte ihn wütend an, bewegte sich aber nicht vom Fleck. Langsam setzte Mamadou einen Schritt vor den anderen.

Plötzlich spannte sich die lebende Spirale zu einer Wellenlinie. Sie schlängelte blitzschnell auf Mamadou zu, der seinerseits ruhig den Spaten hob und ihn, sobald sie in Reichweite war, haargenau hinter ihrem Kopf auf sie niedersausen ließ, sodass das tödliche, glänzende Dreieck in einem Bogen wegsprang und der Rest auf dem Küchenboden hin und her zuckte, bis Mamadou ihn mit zwei weiteren gezielten Schlägen dreigeteilt hatte.

Mamadou nahm den Kopf und sah ihn sich an. »Solche Viecher gibt es eigentlich nur im Busch und auf Plantagen«, er hielt Stefan den Kopf hin, »eine hat mal meinen Onkel erwischt, er wäre beinah gestorben.«

»Das ist ja nett«, stammelte Stefan.

»Wenn du nicht ganz schnell das richtige Serum dagegen bekommst«, erläuterte Mamadou und ging zum Mülleimer, »hast du keine Chance, da kannst du vielleicht gerade noch dein Testament machen.«

»Scheiße!« Stefan ging zur Sitzecke und ließ sich darauffallen. »Was soll das?«

Mamadou sammelte die drei zerhackten Teile des Schlangenkörpers ein. »Ist doch klar, ich habe dich gewarnt.«

»Du willst doch damit nicht etwa sagen«, fragte Stefan, »dass die von Wueleguem kommt?«

»Von wem denn sonst?« Mamadou setzte sich an die andere Seite der Sitzecke.

»Aber wie soll das denn gehen?«

»Abdulaj hat mir von einem seltsamen angeblichen Kunden erzählt«, berichtete Mamadou, »er wollte dich sprechen, als Fatoumata bei dir war; Abdulaj hat ihn weggeschickt, aber als er vom Teeholen zurückkam, sah er ihn noch mal vor der Werkstatt!«

Stefan stellte zwei Gläser auf den Tisch und füllte sie mit Wasser. »Das unbebaute Grundstück hinter dem Haus ist ein ideales Terrain für Schlangen – da ist nie jemand, und jetzt wurden sie von Fatoumatas Besuchen aufgescheucht – das ist völlig normal!«

Mamadou schüttelte den Kopf und trank.

»Wir sind hier in Afrika«, erinnerte Stefan, »da kann einem schon mal eine Schlange über den Weg laufen.«

»Wir sind hier in Afrika«, bestätigte Mamadou, »da löst

man schon mal ein Problem, indem man jemandem eine Schlange unters Bett legt.«

»Sie will nach Deutschland«, sagte Stefan leise.

»Wueleguem hat noch ganz andere Möglichkeiten«, sagte Mamadou ernst. »Du hättest diesmal schon draufgehen können.«

»Ich geh nicht nach Deutschland zurück.« Stefan lächelte Mamadou müde an. »Ich habe meine Gründe.«

»Eine Dogonfrau«, erwiderte Mamadou, »bekommt immer, was sie will.«

Unter dem Siegestor

»Sie«, rief die dicke Empfangsdame hinter dem Informationstresen des Münchner Tropeninstituts, »Ihr Handy, des müssen Sie auslassen, des hab ich Ihnen gestern schon gesagt.«

Philipp Laube, der an dem hinteren der drei langen Holztische des Warteraums Platz genommen hatte, stöhnte leise auf. »Es ist wichtig, gnädige Frau«, presste er heraus, »ich habe immer noch keine Verbindung nach Bamako bekommen.«

»Dann gehns raus.«

Laube stand auf, doch als er an ihr vorbeiwollte, hielt sie ihn zurück: »Ihre Nummer.«

»Wieso das denn jetzt?«, fragte Laube entnervt.

»Ja glauben Sie vielleicht, ich hol Sie von draußen, wenn Sie dran sind«, fragte die Dame, »geht's noch? Da müssen Sie dann schon eine neue Nummer holen.«

Laube schlich zurück an seinen Platz. »Alles sinnlos«, flüsterte er.

Frau Dr. Bong war eine schöne, strenge Mittfünfzigerin mit einem langen, straff gebundenen Zopf. In ihrem Behandlungszimmer hingen Hochglanzfotos von glutäugigen Kindern asiatischer, afrikanischer oder südamerikanischer Herkunft, jeweils in ihrer farbenprächtigsten Traditionskleidung und in typischer Umgebung. Sie saß seitlich neben ihrem an die Wand des länglichen Zimmers platzierten Schreibtisch, auf dem die Akte Laube lag, und bat ihren Patienten mit einer Handbewegung, auf dem vor ihr stehenden Stuhl Platz zu nehmen.

»Ich kann Ihnen vollständige Entwarnung geben«, sagte sie freundlich, aber nicht ohne eine Spur von Vorwurf in der Stimme, »wir haben alle nur denkbaren Untersuchungen gemacht, aber weder im Blut, noch in Urin oder Stuhl auch nur die geringsten Anzeichen irgendwelcher Mikroben oder sonstiger tropischer Krankheitserreger gefunden, die Ihr Unwohlsein erklären würden.«

»Ja, aber ...«, stammelte Laube und atmete schwer.

»Sie haben weder Malaria«, fuhr Frau Dr. Bong milde fort, »noch Typhus, Sie haben keine irgendwie bekannte Art von Diarrhoe, kein Gelbfieber – auch kein Ebola!«

»Aber sehen Sie mich doch an«, rief Laube verzweifelt, »ich bin doch krank!«

»Sie sind auch nicht HIV-positiv«, fügte Frau Dr. Bong hinzu.

»Sehr verehrte Frau Doktor«, hob Laube an, »ich habe in wenigen Tagen über fünf Kilo verloren, ich kann kaum Nahrung bei mir behalten, und was überhaupt bis in den Magen kommt, entlädt sich fast unkontrollierbar in flüssiger Form, ich leide unter massiven Schlafstörungen, wie ich sie mein Lebtag noch nicht hatte, ich habe seltsame Schwindelanfälle und Gleichgewichtsstörungen – ich ...«

Frau Dr. Bong lehnte sich zurück und verschränkte die Arme. »Ich muss Sie leider darauf aufmerksam machen«, sagte sie kühl, »dass die von Ihnen aufgezählten Symptome zu keinem bekannten Krankheitsbild passen.«

»Was wollen Sie damit sagen?«

»Ich würde Sie gerne an einen Spezialisten für Psychosomatik überweisen.«

Laube sah sie ungläubig an. »Das ist ja« – er schnappte nach Luft – »das ist ja unverschämt, bloß weil Sie nicht in der Lage sind, einen simplen Erreger zu finden!«

»Wenn Sie unsere Kompetenz in Abrede stellen wollen, können Sie gerne woanders hingehen«, sagte Frau Dr. Bong ruhig.

»Das ist ja«, Laube verdrehte die Augen, »das ist ja wie in Afrika!«

Frau Dr. Bong sah ihn interessiert an.

»Da erklärt man es mit Hexerei – hier mit Hysterie!«

Nun lachte Frau Dr. Bong laut auf. »Das wäre wirklich mal eine wissenschaftliche Untersuchung wert: ›Über den Zusammenhang von Hexerei und Psychosomatik‹ oder ›Die Macht der Selffulfilling Prophecy‹.« Sie sah Laube an: »Ich werde das mal meinen Studenten vorschlagen, einverstanden?«

Philipp Laube schlug mit der flachen Hand auf den Tisch und stand auf. »Ich danke Ihnen für Ihre Bemühungen, und ich werde Sie nicht mehr weiter mit meinen Problemen belästigen.«

»Tja«, sagte Frau Dr. Bong und stand ebenfalls auf, »tut mir aufrichtig leid, dass wir Ihnen nicht helfen konnten.«

Kaum hatte er das Institut verlassen, setzte er sein Mobiltelefon wieder in Gang, und während er in die Leopoldstraße einbog, klingelte es bereits bei Wueleguem, der sofort abnahm.

»Da sind Sie ja endlich«, platzte Laube los, ohne sich auf lange Begrüßungsformeln einzulassen, »haben Sie meine Nachricht gehört?!«

»Ich habe bereits …«

Laube ließ ihn nicht zu Wort kommen. »Das ist das Unglaublichste, was ich jemals erlebt habe, das kann ich Ihnen sagen, mich erst auszunehmen wie eine Weihnachtsgans und dann die deutschen Behörden zu informieren, wie und wann ich ankomme!«

»Herr Laube …«, setzte Wueleguem an.

»Papperlapapp, woher sollen um Himmels willen die deutschen Behörden so genau wissen, wann ich ankomme und was ich dabei habe, die sind doch keine Hellseher, die haben einen klaren Tipp aus Mali bekommen, was denn sonst. Ich musste mir hier denselben Sermon anhören, von wegen ›Weltkulturerbe der Menschheit‹ bla bla etcetera, die arbeiten doch alle zusammen, diese Ganoven, aber mir vorher auch noch Unsummen aus der Tasche zu ziehen, das ist einfach der Gipfel!«

»Jetzt hören Sie mir doch mal zu«, rief Wueleguem, aber Laube, der inzwischen auf Höhe des Siegestors angekommen war und an einer Fußgängerampel stehen blieb, war dazu nicht bereit: »Ich bin am Ende!«, schrie er ins Telefon, und eine Passantin sah ihn neugierig an, »ich kann meinen Laden dicht machen, am Samstag ist die große Mali-Party, und ich stehe mit leeren Händen da, ich bin blamiert bis auf die Knochen, ich kann einpacken!« Die Ampel zeigte grün und er ging los. »Jetzt wollen sie mir hier im Tropeninstitut auch noch einreden, meine ganze schwere Krankheit sei nur Einbildung – ja ist denn eigentlich die ganze Welt verrückt geworden, oder was ist los?!«

»Ich versichere Ihnen …«, begann Wueleguem.

»Sie brauchen mir nichts zu versichern«, schrie Laube völlig außer sich, »Sie müssen sich was einfallen lassen, und zwar sofort, der Mali-Abend muss über die Bühne gehen, egal wie, das sind Sie mir schuldig, haben Sie mich verstanden?« Wütend schlug er mit dem Zeigefinger auf den roten Knopf seines Mobiltelefons, bekam einen heftigen Schwindelanfall und rutschte mit dem Rücken an der Mauer des Siegestors langsam zu Boden.

Morgen

Eine ungewöhnliche Runde hatte sich unter dem Vordach der *Menuiserie d'espoir* versammelt: zwei Weiße und zwei Schwarze, aber sie absolvierten das malische Teeritual streng nach Vorschrift.

»Wir werden es nie genau wissen«, sagte der Weiße, ein grauhaariger Mann, neben dessen Sessel eine Gitarre stand, »aber das Wichtigste ist doch, dass nichts passiert ist!«

»Mir haben jedenfalls verschiedene Leute bestätigt«, beharrte Stefan, »dass es hier schon mal Schlangen gegeben hat, und deswegen bau ich jetzt erst mal eine vernünftige Mauer und ein dichtes Tor –«, er unterbrach sich und starrte auf den Wagen, der gerade direkt vor der Schreinerei parkte.

»Ich glaub's nicht«, flüsterte er und stand wie ferngesteuert auf, ging auf den Wagen zu, drehte sich noch einmal kurz zu dem Weißen um und strahlte: »Das ist sie!«

Fatoumata trug einen schlichten Dreiteiler in dezenten Farben und die obligatorische Sonnenbrille. Sie begrüßte Stefan mit zwei Wangenküssen rechts und zwei links. »Ist der Ruf erst ruiniert, lebt sich's völlig ungeniert!«

»Du machst mich immer wieder sprachlos«, sagte Stefan und führte sie zu der Gruppe, »das kann ich nicht mal ins Französische übersetzen!«

Fatoumata zog sich selbst einen Stuhl herbei und gesellte sich zu der Männerversammlung.

»Das ist mein einziger weißer Freund hier in Bamako«, stellte Stefan den grauhaarigen Gitarristen vor, »und zwar, weil er auch nicht für irgendeine Organisation arbeitet, sondern als freier Musiker hier lebt – er hat übrigens eine malische Frau und zwei Kinder!«

»Herzlichen Glückwunsch!«, sagte Fatoumata, mit einem Seitenblick auf Stefan.

»Ich nenne ihn immer Eric Clapton«, fuhr Stefan fort, »weil er einem großen englischen Gitarristen ähnelt, der –«

»Natürlich kenne ich Eric Clapton«, sagte Fatoumata, »ich habe ihn den Ali Farca Touré Europas getauft.«

Stefan nahm ihre Hand und küsste sie.

»Keine Arbeit?«, fragte Fatoumata streng. Mamadou reichte ihr als Erster das Tablett mit dem Tee.

»Außergewöhnliche Vorkommnisse«, sagte Stefan auf Deutsch, »rechtfertigen außergewöhnliche Maßnahmen.«

Fatoumata trank nur einen kleinen Schluck von dem Tee und stellte das Gläschen zurück auf das Tablett. »Ich habe Wueleguem darauf angesprochen, und er hat nicht geantwortet – das reicht.«

»Tja«, Stefan sah ratlos in die Runde, »dann können wir uns jetzt noch auf was gefasst machen, oder was?!«

»Nein«, sagte Fatoumata hart, »er wird es nicht mehr wagen – er hat den Bogen überspannt, und das hat er begriffen. Die Sache hat nun internationale Ausmaße angenommen, und er sitzt zweifach in der Klemme!«

Die Männerrunde sah sie fragend an.

»Die Alten von Bandiagara haben ihn ins Dorf zitiert«,

berichtete sie, »morgen oder übermorgen fährt er – die werden ihm die Leviten lesen, das wird ungemütlich!«

Mamadou goss in hohem Bogen Wasser für den zweiten Aufguss in die Kanne.

»Die Deutschen haben die Maske, die Laube für viel Geld – sehr viel Geld! – gekauft hat, als unverkäufliches Weltkulturerbe der Menschheit beschlagnahmt«, fuhr Fatoumata fort, und Stefan horchte stirnrunzelnd auf, »und nun wirft Laube Wueleguem vor, er habe ihn erst ausgenommen, dann die Deutschen vorgewarnt, und Wueleguem solle sich etwas einfallen lassen, da die seit Monaten angekündigte Präsentation nun geplatzt sei.«

»Und?«, fragte Stefan besorgt.

»Ich fliege heute Nacht – morgen Mittag bin ich in München«, antwortete Fatoumata und sah Stefan liebevoll an. »Wollen wir das nicht lieber drinnen ...?«, fragte sie. Die beiden standen auf und verschwanden.

Die Minnesänger

»Na?«, fragte Mamadou. »Hast du gesehen, wie sie ihn eingewickelt hat?«

»Warum nicht«, antwortete Eric Clapton und klimperte auf seiner Gitarre, »ich würde mich freuen, wenn Stefan endlich mal in festen Händen wäre, und die Frau ist gut, das sieht man auf den ersten Blick.«

»Ich weiß nicht, was ich davon halten soll«, Mamadou griff zu seiner Ngoni, »gestern habe ich den ganzen Tag darüber nachgedacht, und je länger ich nachdachte, desto weniger wusste ich, was überhaupt los ist – *und ich weiß nicht, was*«, begann er zu singen, »*ich mit meinem Leben anfangen soll.*«

Eric Clapton lächelte und stieg mit der Gitarre ein.

»*Ich muss essen*«, sang Mamadou, »*ich muss arbeiten, ich muss spielen – aber ich weiß nicht, was ich mit meinem Leben anfangen soll!*«

Plötzlich standen zehn Kinder um sie herum, klatschten in die Hände und tanzten.

»*Ich muss essen*«, sang Mamadou, und die Kinder krakeelten im Chor: »*Ich muss essen.*« »*Ich muss arbeiten*«, sang Mamadou, und die Kinder wiederholten: »*Ich muss arbeiten.*« »*Ich muss spielen*«, sang Mamadou, und die Kinder: »*Ich muss spielen*« – und dann brüllten sie alle gemeinsam aus vollem Herzen: »*Und ich weiß nicht, was ich mit meinem Leben anfangen soll!*«

Immer mehr Kinder kamen dazu, Passanten blieben stehen und spendeten Münzen, ein Minibus verlangsamte seine Fahrt, und die Insassen stießen begeisterte Zurufe aus, Abdulaj kochte den Tee und musste immer wieder Wasser hinzufügen, da er zu verkochen drohte – es war, als wäre die Zeit stehen geblieben.

Langsam hatten sich die Kinder ausgetobt, und Eric Clapton begann ein zunächst leises Solo auf der Gitarre zu spielen, das zunehmend eindringlicher wurde. Auch Mamadou griff immer fester in die Saiten, der klassische englische Rock'n' Roll verschmolz mit der klassischen malischen Buschmusik, der Schweiß floss beiden Musikern in Strömen übers Gesicht, bis sie nach einem gewaltigen Crescendo wie auf ein Kommando mit einem Schlussakkord endeten.

Eric Clapton stellte seine Gitarre neben sich. »Ruf mich an, Mamadou«, sagte er, »wenn es Probleme gibt. Stefan sagt ja nichts. Ich verlass mich auf dich!«

Der Zwetschgendatschi

»Also die Kollegen in Bamako halten sich bedeckt«, berichtete Rolf Staudinger an Höfls Glastisch, »nix Genaues weiß man nicht!«

Rosalind Schörghuber lachte. »Ich habe ja mal Ethnologie studiert«, gestand sie, »und eins hab ich als Erstes gelernt: Die lassen sich ungern reinreden, schon gar nicht von uns Weißen!«

»Wer lässt sich schon gern reinreden«, fand Ludwig Höfl, »aber wir sind wir – und die sind die, und wenn die machen, was sie wollen, machen wir, was wir wollen.«

»Die einzige konkrete Information in dem Zusammenhang«, fuhr Staudinger fort, der außer der Mappe, die vor jedem Sitz lag, noch ein halb vollgeschriebenes Blatt Papier vor sich liegen hatte, »ist ein Autounfall, den der Verkäufer von unserm kleinen Schmuckstück gehabt hat.« Staudinger grinste böse: »Der ist mit seinem ganzen Geld ins Wasser gefallen – des schwimmt jetzt bei Timbuktu, wenn's die Krokodile nicht gefressen haben.«

»Und er selbst?«, fragte Rosalind Schörghuber erschrocken.

»Den Luxusschlitten haben die mit Seilzügen rausgefischt, aber davon hat er nix mehr gemerkt.«

»Ist ja furchtbar!« Rosalind Schörghuber hatte aufrichtiges Mitgefühl.

»Der Fluch der bösen Tat«, kommentierte Höfl, »die Gerechtigkeit findet immer einen Weg.«

»Aber muss das denn gleich so hart sein?«, fragte Rosalind Schörghuber.

»In Afrika geht's immer gleich richtig zur Sache«, meldete sich Willy Seegers zu Wort, »wer weiß, was da noch alles dahintersteckt! Es handelt sich bei diesem Stück um eine Maske, die bei einem nur alle sechzig Jahre stattfindenden Ritual der Dogon zum Einsatz kommt« – seine Augen flackerten leicht irre auf – »wir Europäer können das gar nicht nachvollziehen, was die Afrikaner damit alles an Zauberspuk verbinden!«

Es klopfte, und Frau Brantl trat mit einem großen Tablett ein, wie immer im Dirndl und rosig lächelnd.

»So gefällt mir das!«, tönte Höfl erfreut, »jetzt haben wir endlich unseren Zwetschgendatschi!«

Frau Brantl errötete zart, als hätte sie ihn selbst gebacken.

»Das ist ja ein Geschenk Gottes«, jubelte Willy Seegers, »ich muss gestehen, ich bin leicht durch den Wind seit Sonntag, aber das wird mir helfen.«

Oberstaatsanwalt Dr. Ludwig Höfl reichte Seegers eine Sahnesprühdose.

»Des ist zwar nicht ganz stilecht«, entschuldigte er sich, »aber die Kalorien stimmen – bedienen Sie sich nur ganz ungeniert, junger Mann! Sie haben es nötig, und ohne Ihre Arbeit«, Höfl sah sich Bestätigung heischend am Tisch um, »könnten wir einpacken – stimmt's, oder hab ich recht?«

»Absolut«, knurrte Rolf Staudinger und nickte Seegers zu, während er sich ein Häppchen Zwetschgendatschi genehmigte. »Aber unabhängig davon, wie des jetzt genau mit dem Unfall ist, da brodelts und brummts da unten bei den Bamakesen, und unsere Aktion hat die ganz schön aus dem Konzept gebracht, damit hat keiner gerechnet.«

»Der Laube glaubt natürlich jetzt«, Staudinger kaute genüsslich, »die Kollegen aus Bamako hätten uns auf ihn angesetzt, und in dem Glauben sollte man ihn ruhig lassen.«

Höfl und Schörghuber lächelten sich zufrieden an.

»Wie wir zahlreichen abgehörten Telefongesprächen entnehmen konnten«, fuhr Staudinger in amtlichem Ton fort, »haben wir es nämlich diesem Umstand zu verdanken, dass seine Partner in Bamako unter Zugzwang geraten sind und nun eine junge Frau entsenden, die offensichtlich der deutschen Sprache mächtig ist und hier die Wogen glätten soll.«

Rosalind Schörghuber wischte sich den Mund ab. »Und wie ist die Dame in den Fall involviert?«, fragte sie.

»Auf jeden Fall«, antwortete Staudinger, »ist sie – wohl aufgrund ihrer Deutschkenntnisse – Mitarbeiterin des Anwaltsbüros, das Laube seine Ausfuhrpapiere besorgt hat; darüber hinaus ist sie auch mit dem Chef irgendwie verbandelt, aber fragen Sie mich nicht, wie, Gspusi, Ehefrau oder was ... die haben ja da unten bis zu vier Frauen, da blickt kein normaler Mensch mehr durch!« Er knurrte böse.

»Hier haben sie ihre Mätressen, die sie aushalten«, bemerkte Rosalind Schörghuber, »besser ist des auch nicht!«

Ludwig Höfl nickte. »Die wissen schon, wie sie sich's richten, die Herrschaften, ist doch überall des Gleiche!«

»So oder so«, kam Staudinger wieder zum Thema, »Frau Fatoumata Guindo kommt morgen mit der bekannten Air-France-Maschine am Franz-Josef-Strauß an und hat für drei Nächte eine Suite im Bayerischen Hof gebucht.«

»Sauber!«, entfuhr es Höfl, und auch die anderen ließen Ausrufe von Bewunderung vernehmen. »Am nötigen Kleingeld«, bemerkte der Oberstaatsanwalt, »mangelt es den Herrschaften offenbar nicht.«

»Es handelt sich um einen der ältesten Kunstschätze der Welt«, sagte Seegers ehrfürchtig, »aufgeladen mit Geschichte und Magie – das ist mit allem Geld der Welt nicht zu bezahlen.«

»Herrschaftszeiten«, knurrte Höfl, »des ist ja schon unverschämt, was die uns da vorführen.«

»Dann holen wir sie doch einfach direkt am Gate ab und geben ihr eine Suite in Stadelheim«, schlug Staudinger vor, »mit dem Material, das uns der Kollege Seegers hier geliefert hat«, er klopfte auf die Mappe, die auch alle anderen vor sich liegen hatten, »können wir das doch jederzeit rechtfertigen!«

»Ich hab's Ihnen gesagt«, wandte sich Ludwig Höfl an Rosalind Schörghuber, »der Staudinger, wenn der mal in Fahrt ist, ist der nicht mehr zu bremsen! Das kommt natürlich überhaupt nicht in Frage«, wandte er sich an Staudinger selbst, »hinterher müssen wir uns wegen Fremdenfeindlichkeit verantworten – wir machen das anders.«

Er nahm einen Schluck Kaffee. »Der Mali-Abend«, erklärte er schließlich, »ist unser Tag.«

Rosalind Schörghuber kicherte kurz.

»Dank der Anwesenheit der eigens zu diesem Zweck angereisten jungen Dame«, erläuterte der Oberstaatsanwalt, »haben wir nämlich alle Beteiligten an dem Verfahren versammelt – und das daran beteiligte Publikum noch dazu.«

Staudinger nickte. »Und so wie ich das sehe, jede Menge Presse, Funk und Fernsehen.« Er sah anerkennend zu Höfl und rieb sich die Hände: »Da kann man mal so richtig aufräumen.«

»Wir können ein Zeichen setzen«, rief Höfl, »ein Exempel statuieren!«

»Und angesichts der Pressepräsenz«, fuhr Staudinger fort, »ergibt sich für uns die Notwendigkeit – die auch eine Möglichkeit ist! –, einige erläuternde Erklärungen abzugeben. Das ist die beste Gelegenheit, den Herrschaften mal klarzumachen, auf welch dünnem Eis sie sich da bewegen!«

»Da wird«, seufzte Höfl zufrieden, »den Damen und Herren ihr Übermut schon ausgetrieben.«

»Und die Malier werden denken«, sagte Seegers, während

er Sahne auf den dritten Zwetschgendatschi spritzte, »wir seien Werkzeuge der *Awa*-Maske, deren Zauberkraft uns dazu bringt, sie wieder nach Hause zu lassen.«

Dr. Ludwig Höfl lachte laut auf. »Sauber«, sagte er, »ein solcher Schmarrn hat uns gerad noch gefehlt! Geisterbahn gibt's bei uns auf der Wiesn!«

Die Runde lachte.

»Aber das Gegenteil«, bemerkte Rosalind Schörghuber, »können wir auch nicht beweisen.«

Das Geständnis

Ein Eselskarren zog an Stefan vorbei, der auf seinem Vorplatz saß und vor sich hin stierte, ein mit grünen und gelben, ziemlich verdreckten Wasserkanistern beladenes Klappergestell, ein Mann in einem dunkelgrünen Baumwoll-Arbeitsanzug schlurfte auf der Straße neben ihm her und schlug ab und zu mit seiner Peitsche halbherzig auf das Hinterteil des Esels, was keinerlei Verhaltensänderung bei diesem bewirkte, und hinter dem Wagen trottete gesenkten Hauptes eine Frau mit Kind auf dem Rücken.

An der Kreuzung hielt der Wagen unter der Straßenlaterne an, und der Mann ging gemächlich nach hinten, während die Frau ein Tuch, das seitlich in ihrem Wickelrock steckte, herauslöste und zusammenrollte. Nachdem der Mann am hinteren Ende seines Karrens angekommen war, zerrte er einen der Wasserkanister von der Ladefläche, während die Frau das Tuch zu einem Ring formte, den sie sich auf den Kopf legte. Daraufhin wuchteten die beiden den Kanister auf den Kopf der Frau und verabschiedeten sich voneinander. Der Mann bog mit seinem Eselskarren nach rechts, während die Frau, nun mit aufrechtem Gang, den Wasserkanister auf dem Kopf, das Kind auf dem Rücken, langsam auf der linken Straßenseite aus dem Lichtkegel der Laterne verschwand.

»Man hat ja immer den Eindruck«, sagte Stefan zu Mamadou, »als ob es den Frauen gar nichts ausmacht, das schwere Wasser zu schleppen.«

»Die haben alle einen kaputten Rücken«, erwiderte Mamadou, während er wieder einmal Tee zubereitete, »und die Magenprobleme, die sie alle haben, kommen auch daher. Der Klempner, der neulich hier war, hat erzählt, dass es in seinem Viertel immer mehr Fehlgeburten gibt, weil sich der Bauch der Frauen verkrampft, wenn sie das Wasser aus dem Brunnen ziehen!«

»Komisch«, sagte Stefan, »ich dachte, hier im reichen Hippodrome haben alle Wasser – die Leitungen sind doch gelegt!«

»Den Anschluss kann sich nicht jeder leisten«, widersprach Mamadou.

»Ja, aber wenn man –«

Stefans Telefon klingelte. Hektisch griff er danach.

»Wie geht's?«, fragte Fatoumata, so nah, als säße sie ein paar Straßen weiter.

Stefan schluckte. »Ohne dich geht es nicht ganz so gut, aber ansonsten geht es. Und du? Was machst du?«

»Ich sitze im Hotel, sehe die ›Tagesthemen‹ und esse Chips.« Fatoumatas tiefe Stimme erregte ihn. »Und ich hatte schon Besuch«, fuhr sie fort, »die Polizei. Und ein Staatsanwalt in der echten Eingeborenentracht mit Jägerfetisch am Hut; eine lustige Figur, er musste sich sehr bemühen, anständiges Deutsch zu sprechen«, sie lachte, »sie wollten wissen, ob die Ausfuhrpapiere von Laube echt sind.«

»Und?«

»Ich bin nur Übersetzerin.«

»Haben sie das geschluckt?«

»Was bleibt ihnen anderes übrig?« Wieder lachte sie. »Außerdem hast du recht: Ich habe jetzt schon Sehnsucht nach Mali.« Dann wieder völlig ernst: »Ich liebe dich, hast du das verstanden jetzt?«

»Ja«, sagte Stefan einfältig, und Fatoumata beendete das Gespräch.

Mamadou stand mit dem Tablett und den gefüllten Gläsern vor ihm.

»Ich kann an nichts anderes mehr denken, seit sie weg ist«, gestand er, als er sein Glas wieder zurückstellte.

»Ich habe es dir vorausgesagt«, seufzte Mamadou und begann, die Gläser zu reinigen.

»Ich halte es kaum aus hier in Bamako!« Stefan malte Zeichen in den Staub. »Und sie angelt sich in München irgendso einen geleckten Schickeria-Hengst mit offenem BMW.«

»Wenn sie das wirklich wollte«, sagte Mamadou kopfschüttelnd, »dann wäre sie bei Wueleguem geblieben.«

Die Wiederholung

Dauda Wueleguem trat aus der Höhle des Hogon und blinzelte in die Sonne. Dann setzte er seine Sonnenbrille auf und betrachtete die braun-beige-grüne Landschaft vor und unter sich. Schließlich zuckte er mit den Achseln und stieg langsam den Berg hinab.

Kurz darauf trat der Hogon auf den Vorplatz und sah ihm nach. Er spielte mit dem Ring an seiner Hand und murmelte etwas Unverständliches. Dann wandte er sich wieder zurück.

»Und?«, fragte Hawa Bamia, die in Wueleguems Jaguar im Schatten des knorrigen Baobab-Baumes auf ihn gewartet hatte.

»Es ist alles nicht einfach.« Wueleguem legte seine Hand auf das Steuer. »Die Zeiten ändern sich, die Gesellschaft ändert sich, die Welt wächst zusammen – das Rad ist nicht mehr zurückzudrehen.«

»Hat er etwas zu Jussufs Tod gesagt?«, fragte Hawa Bamia gespannt.

Wueleguem blickte auf die gleißende Landschaft. »Er ist zu alt, um diese Veränderungen noch zu verstehen«, erklärte er, »und so ist es schwierig, zwischen den verschiedenen Interessen zu vermitteln.« Er schaltete erst den Motor, dann die Klimaanlage ein. »Wie willst du so jemandem klarmachen, dass ein Konto in der Schweiz wichtiger und auch für unsere Familien nützlicher sein kann als eine Maske im Dorf?«

»Was hat er zu Jussufs Tod gesagt?«, insistierte Hawa Bamia.

»Wir können froh sein, dass die Weißen solche Unsummen für unseren alten Schrott zahlen.« Langsam ließ Wueleguem den Jaguar anrollen. »Das kann sich sehr schnell ändern, das kann von einem Tag auf den anderen ins Gegenteil umkippen, wenn sie den Verlauf der Krise anders einschätzen.«

Hawa Bamia schlug auf das Armaturenbrett. »Antworte mir!«, befahl sie.

Er blickte kurz zu ihr hinüber. »Du weißt, dass der Hogon nie etwas sagt«, antwortete er, als der Jaguar das Dorf verließ, »aber er hat mir zu verstehen gegeben, dass es seine eigene Schuld war.«

»Ich hab's gewusst!« Hawa Bamia lehnte sich in ihren Sitz zurück. »Großes Unglück wird noch über uns kommen.«

»Mutter«, sagte Dauda Wueleguem zu Hawa Bamia, die mindestens zehn Jahre jünger war als er, »man muss die Alten achten und ehren, daran wird sich nie etwas ändern, und daran darf sich nie etwas ändern – aber ihre Macht ist nicht mehr die von früher.«

Hawa Bamia deutete auf Wueleguems Hand, die auf dem Steuer ruhte. »Aber den Ring, der uns gegen die bösen Geister schützt, den trägst du trotzdem.«

»Damit drücke ich meinen Respekt gegenüber unserer Kultur aus«, verteidigte sich Wueleguem, »ohne diesen Ring brauche ich da gar nicht aufzukreuzen.«

Hawa Bamia lächelte spöttisch. »Das heißt, es ist klar, warum Philipp Laube so krank ist und man nichts bei ihm findet.«

»Hawa Bamia«, rief Dauda Wueleguem, während er auf die Teerstraße fuhr, »ich bitte dich! Laube ist fünftausend Kilometer entfernt.«

»Als ob Zeit und Raum bei so etwas eine Rolle spielten, hast du alles vergessen, was unsere Kultur so groß macht? Das ist es doch, was uns gegenüber den Weißen überlegen macht, wir brauchen keine Mobiltelefone und Flugzeuge!«

Wueleguem warf einen Blick auf ihre Handtasche. »Aber haben möchtest du trotzdem eines«, stellte er milde fest, »und um nach Deutschland zu kommen, musste deine Tochter einen tonnenschweren Blechvogel nehmen!«

»Es ist auch nicht gut«, widersprach Hawa Bamia, »dass sie nach Deutschland gefahren ist, es wird ein großes Unglück geben.«

»Meine liebe Schwiegermutter«, rief Wueleguem nun, »was soll ihr denn in Deutschland passieren? Es ist doch genau umgekehrt«, fuhr er beschwörend fort, »die Deutschen sind eher auf unserer Seite – ich hab dir doch erzählt, dass die deutsche Polizei den Fetisch beschlagnahmt hat!«

»Was habe ich dir gerade erklärt?«, fragte Hawa Bamia.

»Du willst doch nicht etwa behaupten«, fragte Dauda Wueleguem und musste scharf bremsen, weil ein Kaiman über die staubige, neben einem Kanal verlaufende Landstraße watschelte, »dass die Maske es selbst ausgelöst hat, dass die deutsche Polizei sie beschlagnahmt?«

Sie lächelte milde.

»Hawa Bamia!« Wueleguem gab wieder Gas. »Wir leben doch nicht allein auf der Welt! Es gibt eine internationale Diskussion über kulturelle Identität und das Recht der Völker auf ihre ureigenen Kunst- und Kulturschätze! Die Franzosen zum Beispiel, die den Bestand ihrer Museen aus der halben Welt zusammengestohlen haben, sind schwer unter Beschuss, auch die Deutschen haben da einige dunkle Flecken, da ist unglaublich viel in Bewegung, kein Mensch kann den Lauf der Dinge mehr bestimmen!«

Hawa Bamia starrte aus dem Fenster. »Solange nur meiner Tochter nichts passiert.«

Das Fanal

»Der Esel liegt also auf der Straße und geht einfach nicht weg«, erzählte der malische Kellner, während er am Buffet des Mali-Abends in der Galerie »Dialog der Kulturen« einen Löffel voll *Atjeke*, einer Maniok-Zubereitung, auf den Teller des Feuilleton-Redakteurs der *Süddeutschen Zeitung* legte; »da kommt Obama mit seiner Kolonne und kann nicht mehr weiter«, er platzierte drei saftige, frittierte Kochbananenstückchen daneben, »und alle Bemühungen, den Esel fortzubewegen, sind erfolglos. Obama wird langsam sauer, und die Sicherheitsleute sind schon am Verzweifeln.«

Der Feuilleton-Redakteur hörte zwar zu, beobachtete aber mit zunehmendem Appetit, wie ein zart angebratenes Filet des frisch importierten Niger-Fisches Capitaine den Weg auf seinen Teller fand.

»Da kommt ein Malier vorbei«, der Kellner häufelte zwei Löffelchen *Schoh*, das malische Bohnengemüse, neben den Fisch, »und die Sicherheitsleute fragen ihn, ob er nicht helfen kann.« In ansehnlicher Weise drapierte der Kellner einen Löffel *Dschuga* auf den Teller, eine kompliziert zubereitete Hirse-Nüsse-Mischung, angereichert mit klein gehackten Zwiebeln. »Der Malier sagt: ›Kein Problem‹, geht zu dem Esel und flüstert ihm etwas ins Ohr«, beendete der Kellner grinsend den Witz und vollendete die Kostproben malischer Köstlichkeiten mit einem Klacks *Foronto*, der malischen Variante der Cayennepfefferschotenpaste, »und der Esel springt auf und rast wie von der Tarantel gestochen davon!« Der schwarze Mann lachte sein schwärzestes Lachen, während er den Teller überreichte und sich einer Kanne mit einem roten Getränk zuwandte.

Der Feuilleton-Redakteur lächelte verständnislos, während ihm das Wasser im Mund zusammenlief. »Was hat der Malier denn zum Esel gesagt?«, fragte er.

»›Wenn du nicht sofort wegläufst‹, hat er ihm ins Ohr geflüstert«, der Kellner überreichte ihm ein Glas mit *Dablini*, dem malischen »Rotwein«, der aus Hibiskusblüten gebraut wird, »›dann nehmen sie dich und bringen dich nach Mali!‹« Wieder lachte der Malier, während der Deutsche höflich lächelte.

»Weil er dann so viel arbeiten muss wie die anderen Esel?«, fragte der Feuilleton-Redakteur, »oder warum?«

»Und wie die Menschen«, vervollständigte der Malier mit dröhnendem Lachen und wandte sich dem nächsten Gast zu.

Aus den Lautsprechern klangen dezent die rauen Gitarrenklänge Ali Farca Tourés. Über fünfzig Menschen drängten sich in den beiden engen Räumen der Galerie, ließen sich die malischen Spezialitäten munden und betrachteten die ausgestellten Baumwolldrucke, Schmuckstücke und Kultgegenstände. Ab und zu warfen sie einen neugierigen Seitenblick auf Philipp Laube und Fatoumata, die am Eingang standen und jeden Einzelnen der geladenen Gäste mit Handschlag und persönlichem Kompliment begrüßten. Eine bemühte Heiterkeit lag über dem Ganzen, eine spürbar gedämpfte Fröhlichkeit – man war schockiert von Laubes körperlichem Verfall und hatte so manches gehört von seinen Schwierigkeiten, wusste aber nichts Genaues und war andererseits durchaus angetan von der »Botschafterin der malischen Kultur«, wie er Fatoumata vorgestellt hatte. Zwei Kamerateams hatten ihre Scheinwerfer aufgebaut und auf die kleine provisorische Bühne gerichtet, die nur mit einem Mikrofon bestückt war, das Fatoumatas Rede verstärken sollte, die die internationale kulturpolitische Dimension dieses Abends und die Wichtigkeit des ›Dialogs der Kulturen‹ angemessen darstellen würde.

»Ich denke, wir haben alle«, sagte Philipp Laube angestrengt und kontrollierte die Gästeliste. Er war in dunkelblaue grobe Baumwolltücher mit Dogonmustern gekleidet, wirkte aber, vor allem wegen seiner blassen Gesichtsfarbe, etwas verloren darin. »Ich werde mal für Ruhe sorgen«, fügte er hinzu, »dann können wir anfangen.«

Fatoumata trug ein bodenlanges schwarzes Satinkleid in neuestem Pariser Stil, rückenfrei und nur von zwei Spaghettiträgern an ihren glänzenden Schultern befestigt, über deren linker ihre schwarze Handtasche mit einem kleinen goldenen Verschluss hing. »Ich muss noch kurz telefonieren«, sagte sie, »dann bin ich auch so weit.« Sie war nur sehr dezent geschminkt und blickte leicht abwesend auf die versammelten Menschen.

Fatoumata fröstelte etwas, als sie auf die nächtliche Maximilianstraße herausgetreten war, auf deren gegenüberliegender Seite ein vergitterter Polizeibus stand. Sie holte ihr Telefon aus der Handtasche, und erst als sie hörte, dass die Verbindung hergestellt war, hellte sich ihr Gesicht ein wenig auf. »Was machst du gerade?«, fragte sie zart.

»Ich sitze vor meiner Bude und warte auf dich«, antwortete Stefan.

»Ich zähle die Stunden«, flüsterte Fatoumata, »bis zum Abflug sind es noch weniger als vierundzwanzig!«

»Und bis du ankommst, nur wenige mehr«, sagte Stefan.

Fatoumata wandte sich wieder dem Eingang der Galerie zu, neben dem eine Frau stand, die neugierig das Treiben im Inneren beobachtete.

»Was ist denn da los?«, fragte die Frau, eine freundliche Mitdreißigerin mit schwarzen, langen Haaren, im einheimischen Dialekt.

»Kommen Sie doch einfach rein!«, bot Fatoumata ihr an und wies mit der Hand in den Raum.

»Nach Ihnen«, sagte die Einheimische, »des ist ja wirklich sehr nett von Ihnen, vielen Dank!«

»Keine Ursache!« Fatoumata trat ein.

Die Frau schlüpfte ihr nach, fast als versteckte sie sich hinter Fatoumata, vor der sich eine Gasse auftat, als sie sich den Weg durch den Raum bahnte.

In diesem Moment trat Philipp Laube vor das Mikrofon. Die TV-Lampen wurden eingeschaltet, die Kameras begannen zu surren, der Korrespondent von »Radio Europa« drängte sich nach vorne.

»Meine sehr verehrten Damen und Herren, liebe Freunde des Dialogs der Kulturen, geschätzte Pressevertreter!« Laube musste absetzen, um tief Luft zu holen. »Ich will nicht viel Worte machen, sondern hier nur noch einmal in aller Öffentlichkeit wiederholen, wie dankbar ich bin, Ihnen hier und heute eine Repräsentantin malischer, ja afrikanischer Kultur im Allgemeinen vorstellen zu dürfen, in der sich alle für den Dialog der Kulturen nötigen Eigenschaften aufs Glücklichste vereinen: die gründliche und reflektierte Kenntnis beider Kulturen, die Beherrschung beider Sprachen, aber auch Sensibilität, Toleranz und die Bereitschaft, festgefahrene Vorstellungen, Begriffsschemata und Axiome der eigenen Kultur in Frage zu stellen, um zu einem wirklichen Dialog zu kommen und sich nicht in einem Schlagabtausch unhinterfragter Textbausteine festzufahren.« Wieder machte er eine kleine Pause. »Sie ist eigens für diesen unseren Abend eingeflogen, sie steht schon vor mir, ich bitte sie also ans Mikrofon: Fatoumata Guindo!«

Unter dem Beifall der Versammelten trat Fatoumata auf die kleine Bühne und nahm das Mikrofon aus seiner Halterung.

»Guten Abend, sehr verehrte Gäste«, begann sie, »*Auni schu*, wie man bei uns dazu sagt – vielen Dank, Philipp Laube, für Ihre Einführung, die mich etwas beschämt – hoffentlich kann ich so vielen Vorschusslorbeeren überhaupt gerecht werden!« Sie ließ das Mikro kurz sinken und sah in die Runde. »Ich habe in den letzten Tagen, in denen ich München wiedersah, bemerkt, wie sehr sich die Stadt und ihre Bewohner in den wenigen Jahren meiner Abwesenheit verändert haben, wie sehr das, was unter dem Stichwort ›Globalisierung‹ zur Zeit den Globus umrundet, auch hier greifbar ist, und wie sehr die wirtschaftlichen Bedingungen auch die kulturellen beeinflussen, ja vielerorts sogar bestimmen.« Sie lächelte. »Und deshalb geht es uns in Bamako nicht anders als Ihnen in München: Nichts bleibt, wie es ist, alles ändert sich, alles ist in Bewegung, und Dinge, die heute noch für unabänderlich gehalten werden, sind morgen schon in Frage gestellt!« Sie sah, dass die Eingangstür geöffnet wurde, und bemerkte daneben die Frau, der sie Einlass gewährt hatte. »Ich möchte in diesem Zusammenhang heute mit Ihnen über ein paar Gedanken zum Begriff der ›kulturellen Identität‹ sprechen –«

Männer, die ganz offenbar keine späten Gäste waren, drangen durch die offene Tür. Die hinteren Zuhörer drehten sich um, aber Fatoumata fuhr fort: »und zu dem Wandel dieses Begriffes in und zwischen den Völkern.« Als sie sah, dass auch Polizisten unter den Eindringlingen waren, ließ sie das Mikrofon sinken. Unruhe kam im Publikum auf. Philipp Laube bahnte sich einen Weg zur Tür. Fatoumata erkannte den Herrn in der Eingeborenentracht mit dem Jägerfetisch am Hut, steckte das Mikrofon an den Galgen und trat von der kleinen Bühne. Die Unruhe im Publikum war inzwischen tumultartig angewachsen. Die Fernsehteams hatten Licht und Objektive auf die Eindringlinge gerichtet und schwenkten mit deren Bewegungen mit.

»Gestatten: Staudinger«, begrüßte dieser Fatoumata vor den laufenden Kameras, obwohl sie ihn von der ersten Begegnung her schon kannte, »Frau Guindo, ich muss Ihnen leider mitteilen, dass Sie wegen Flucht- und Verdunkelungsgefahr festgenommen werden.«

Das gleißende Licht der TV-Lampen blendete sie so, dass sie die Augen zusammenkneifen musste. »Aber was habe ich getan?«

»Beihilfe zur illegalen Entfernung international geschützter Kunstschätze aus ihrem Ursprungsland«, antwortete Staudinger.

Fatoumata lachte erstaunt auf: »Wie kommen Sie darauf?«

Neben ihr keuchte Laube: »Das können Sie doch nicht machen, das ist ein Skandal, das wird Folgen haben, das verspreche ich Ihnen, so was hat's ja noch nie gegeben.«

»Einmal ist immer das erste Mal«, ließ Oberstaatsanwalt Dr. Ludwig Höfl vernehmen und wandte sich an die Frau, der Fatoumata Einlass gewährt hatte: »Bittschön, bringens die Dame nach Stadelheim!«

Und an Fatoumata gewandt: »Leider handelt es sich hier um einen derart komplizierten Fall, dass wir den auf die Schnelle nicht lösen können; Sie erhalten selbstverständlich jeden erforderlichen Rechtsbeistand.«

Laube schnappte nach Luft und sank auf den Rand der kleinen Bühne nieder.

»Claudia Tandler«, sagte die Frau, während sie Handschellen aus der Tasche ihres Jacketts holte, »das kann ich Ihnen leider nicht ersparen, Vorschrift!« Unter dem Blitzlichtgewitter sämtlicher anwesender Fotografen schnappten die Eisen um Fatoumatas Handgelenke.

Inzwischen war Staudinger auf die kleine Bühne gestiegen und griff zum Mikrofon. »Ich bitte um Ruhe, meine Damen und Herren«, sagte er, während die Kameras Fatoumatas Abgang filmten, »wir müssen hier eine routinemäßige Feststellung der Personalien aller Anwesenden vornehmen – verhalten Sie sich gefügig und arbeiten Sie mit uns zusammen, dann dauert es nicht lange, bis Sie nach Hause gehen können!«

»Was haben wir denn verbrochen?«, rief ein Gast mit überschnappender Stimme, aber bevor Staudinger antworten konnte, stimmte ein anderer ein: »Polizeistaat!«, und die Protestrufe überstürzten sich: »Des ist ja wie beim Hitler!«, »Staatsterror«, »Ausländerfeindlichkeit«, »Kulturbanausentum«, »Nazimethoden« und manches nicht mehr Verständliche.

Nun ergriff Höfl das Mikrofon. »Oberstaatsanwalt Höfl, Steuerfahndung München«, meldete er sich knurrend zu Wort, und die Lampen der TV-Kameras flammten wieder auf. »Wir haben hier nicht mehr Hitlers Zeiten«, fuhr er rot vor Wut fort, »aber auch nicht mehr die von Herrn Napoleon!«

»Was soll das denn schon wieder heißen?«, heulte Laube auf, der immer noch zusammengesunken am Fuße des Mikrofons kauerte.

»Das soll heißen«, antwortete Oberstaatsanwalt Dr. Ludwig Höfl mit klirrend kalter Stimme, »dass, wenn der Herr Napoleon auch Kunstschätze mit Gewalt geraubt hat, es um kein Haar besser ist, wenn Sie, meine sehr verehrten hier anwesenden Herrschaften, heute Kunstschätze, die in die Länder gehören, wo sie herkommen und sonst nirgends hin, wenn Sie heute diese Kunstschätze mit Geld rauben, egal mit wie viel Geld!«

Es war mucksmäuschenstill geworden bei diesen Worten, und Rosalind Schörghuber, die in der ersten Reihe der Zuhörer stand, begann heftig zu klatschen – nach einer kurzen Weile stimmten sogar einige der Zuhörer ein.

»Als Vertreter der bayerischen Staatsanwaltschaft erkläre ich Ihnen hiermit«, beendete Höfl seine Ansprache, »dass der Freistaat Bayern nicht bereit ist, bei derart«, er nickte böse lächelnd ins Publikum, »ich nenne es einmal freundlicherweise ›unzeitgemäßen Geschäften‹ mitzuspielen und gar noch durch Annahme von Kulturfördermitteln aus Steuergeldern sich der Beihilfe an internationalem Kulturraub schuldig zu machen. Ich danke Ihnen für Ihre Aufmerksamkeit.«

Intermezzo

Fatoumatas Brief

Mein geliebter Stefan!

Warum antwortest Du nicht?! Ich habe Dir schon vier Briefe geschrieben, die ersten beiden wurden nicht weitergeschickt, weil es mir verboten ist, etwas zum »laufenden Verfahren« zu schreiben, aber die beiden anderen gingen an Deine Adresse und ans Postfach …??? Nun versuche ich es über Aisha Karambe, Du weißt, meine beste Freundin; sie ist auf unserer Seite.

Du musst mir helfen!

Bitte komm nach Deutschland und kläre die Ermittler über die Rolle der Frau in Mali auf. Sie wissen nichts von Zwangsehe, sie wissen nichts von Beschneidung, sie können sich die totale Abhängigkeit der Frau von männlicher Willkür und Fremdbestimmung nicht vorstellen. Wenn ich sage, dass ich Sklavin meines Mannes und gezwungen bin zu tun, was er sagt, lachen sie nur und denken, das sei eine billige Ausrede.

Ich kann mich nicht genauer ausdrücken, sonst wird der Brief wieder »angehalten«. Aber Dir werden sie glauben, weil Du Deutscher bist und lange in Mali lebst, also Bescheid weißt. Ich habe einen Rechtsanwalt, der immer sagt, dass es nicht mehr lange dauern wird, aber es passiert nichts.

Die Situation ist unerträglich! Als ich in die Zelle kam, haben sie gesagt, dass sich in dieser Zelle eine Terroristin umgebracht hat – als ob ich das auch tun sollte. Ich tue es nicht, Deinetwegen, unseretwegen.

Ich liebe Dich!
Komm!
Hol mich hier raus!

Deine Fatoumata

Aisha Karambes Brief

Liebste Freundin!

Wie geht es Dir?

Habe Geduld.
Dein Mann tut alles, um Dich zurückzuholen.
Er hat viel Geld gezahlt; eine Kuh ist geopfert worden.
In Deutschland funktioniert es anders als in Mali.
Es dauert länger, aber es geht.

Dein Mann ist gut.
Er hat mit den Alten gesprochen.
Ich habe nichts von dem Brief an den Weißen gesagt.
Ich war bei ihm.
Er hat Deinen Brief.
Er wird nicht kommen.
Der Weiße ist nicht gut, Fatoumata!
Er ist unklar.
Er redet mal so, mal so.
Er versteckt etwas.
Dieser Mann ist nicht gut für Dich, meine liebste Freundin!
Lass ihn.
Er bringt uns allen nur Unglück.

Bald wirst du wieder bei uns sein, bei Deiner Familie, in unserer Kultur.
Wir warten alle auf Dich.
Ich werde ein Schaf schlachten, wenn Du da bist.

Bis dann
Deine Aisha

Aktennotiz Staudinger an Höfl

betrifft: AZ: FGB 17/10 – Fatoumata Guindo / unbekannter Deutscher

Person »Raschner« bei der deutschen Botschaft in Bamako nicht registriert/unbekannt. Im Bundesgebiet zwei Personen gleichen Namens. Bei beiden Zusammenhang mit der Sache definitiv ausgeschlossen.

Dem Verdächtigen Philipp Laube bekannt, Zitat: »Strizzi, unklare Type, nicht ganz sauber.«

Nach zusätzlicher Analyse des Briefwechsels Guindo/Karambe ergibt sich folgende aktuelle polizeiliche Einschätzung:

Laube nur Aushängeschild. Dahinter stattfindende organisierte Kriminalität wird vermutet, die im großen Stil illegalen Transfer tätigt. Laube bisher als legales Feigenblatt geduldet und gewünscht, da dadurch Vorhandensein entsprechender Objekte erklärbar.

Mit der letzten »Aktion Awa« hat Laube seine Zuständigkeit überschritten (Objekt zu wertvoll) und soll nun von den Hintergrundmännern mithilfe malischer Verbindungen ausgeschaltet werden – daher die ihm nicht erklärbaren »Schwierigkeiten« mit den Behörden etc.

Person »Raschner« aufgrund seiner langjährigen Mali-Kenntnisse vermutlich Verbindungsmann der Bande.

Fatoumata Guindo womöglich nur Joker: »Raschner« auf sie angesetzt, um an Informationen über die Laube/Wueleguem-Connection zu kommen.

Bitte um persönliches Gespräch zur Besprechung des Vorschlags, verdeckt arbeitenden Kollegen zu entsenden.

Teil 2

Die Weiße

»Guck mal, die Weiße!«, rief Abdulaj und deutete mit dem Kopf die Straße aufwärts. Er klapperte mit seinem Teekochgeschirr und versuchte, sie unauffällig zu beobachten. Mamadou schüttelte den Kopf und nahm grinsend seine Ngoni.

Eine nicht mehr ganz junge Frau mit langen schwarzen Haaren schlenderte die Rue Danfaga hinab und besah sich deren Begebenheiten mit dem typischen ethnologisch wohlmeinenden Touristenblick: »Na so was, die haben ja auch ne Kultur!« Um die Hüften einen Beutel mit ihren Wertsachen, trug sie ansonsten nur Hotpants und ein T-Shirt mit Spaghettiträgern, sodass Abdulaj kaum mehr in der Lage war, seine Teezubereitung ordentlich fortzusetzen. *»Richtig groß ist besser als klein«*, sang Mamadou einen seiner Hits.

Inzwischen war die Schöne vor der Schreinerei angekommen und inspizierte sie mit unverhohlener Neugier, als käme sie von der Kriminalpolizei. Abdulaj beobachtete sie ebenso unverhohlen.

Die Hotpants-Trägerin sah das Firmenschild und fragte Stefan ganz direkt: »Sind Sie zufällig Deutscher?«

Stefan war verblüfft. »Jetzt bin ich aber platt«, sagte er, »woran sieht man das denn?«

Abdulaj war aufgesprungen, hatte einen Sessel hergezerrt und stellte ihn neben Stefan.

»Franzosen«, sie nahm Platz, ohne weitere Aufforderungen abzuwarten, »würden sich nie auf diese Weise mit den Einheimischen gemein machen – dazu sind sie viel zu arrogant!«

»Nicht schlecht!«, sagte Stefan, »sind Sie zufällig Ethnologin?«

»Psychologin«, antwortete sie und reichte Stefan die Hand, »Monika«, stellte sie sich vor, »Monika Sturm – können wir nicht ›Du‹ sagen? Im Ausland muss man doch zusammenhalten!«

»Kein Problem«, sagte Stefan, und stellte sich seinerseits vor. Dann wies er auf Mamadou: »Das ist Mamadou Couloubaly, ein begnadeter Musiker, und das da«, er wies auf den dritten im Bunde, »ist ein Schlawiner namens Abdulaj Cissé, dem man erst noch Manieren beibringen muss!«

Monika Sturm lachte ein wenig schrill und musterte die Runde.

»Und was führt dich nach Mali?«, fragte Stefan.

»Ich bin mit ›weltwärts‹ unterwegs«, antwortete Monika Sturm, »dem Programm zur Völkerverständigung vom deutschen Entwicklungsdienst.«

In diesem Moment kam Abdulaj mit dem Tee auf dem runden Tablett und bot ihn dem Gast formvollendet an.

»Er kennt Bamako wie kaum ein zweiter«, sagte Stefan, während er sein Gläschen nahm, »also wenn du einen kompetenten Guide brauchst, kann ich ihn nur empfehlen.«

»Wir haben natürlich volles Programm«, antwortete sie und reichte Abdulaj ihr Glas, »aber etwas Abwechslung wäre nicht schlecht.«

»Das hat mich ja immer schon mal interessiert«, sagte Stefan, »was läuft da eigentlich so als Programm?«

»Entschuldigung«, unterbrach ihn Monika Sturm, »hier gibt's doch bestimmt eine Toilette, ich müsste mal.«

Stefan stand auf und führte sie ins Haus.

Als er zurückkam, sagte Mamadou, während er weiter auf seiner Ngoni zupfte: »Die Frau gefällt mir nicht.«

»Mir dafür umso mehr«, hechelte Abdulaj, das Stövchen anfeuernd, »die will ich ficken bis zum Gehtnichtmehr!«

»Das kannst du ruhig tun«, sagte Mamadou, »darum geht es nicht: Die hat einen bösen Blick.«

Stefan lachte. »Du immer mit deinem Misstrauen – und ich dachte, das richtet sich nur gegen deine Landsleute!«

»Die führt was im Schilde«, sagte Mamadou.

»Klar«, bestätigte Stefan lachend, »die ist das klassische Ethnoflittchen – kommt hierher, um Gutes zu tun, und sucht in Wirklichkeit nur schwarze Schwänze zum Stöpseln.«

»Ich weiß nicht«, sagte Mamadou.

»Halte an der Tankstelle gegenüber der Moschee«, sagte Hawa Bamia zu dem Taxifahrer. Sie befanden sich auf der »anderen Seite des Flusses«, wie man in Bamako sagt, wenn man die der Altstadt mit der Großen Moschee und dem Großen Markt gegenüberliegende Seite der Stadt meint. Den Flughafen Bamako-Senou hatten sie bereits hinter sich gelassen und fuhren eben in Sirakoro ein. Der Taxifahrer hielt, wandte sich zu der hinter ihm sitzenden Kundin um und verlangte zehntausend Francs.

»Was?!«, rief sie mit gespieltem Entsetzen, »das ist doch der reine Wucher!«

»Bis zum Flughafen macht es von der Innenstadt aus schon siebentausendfünfhundert«, rechtfertigte sich der Taxifahrer, »und wir sind ja fast schon von Koulikourou aus gekommen.«

Aber Hawa Bamia hatte längst den Zehntausender aus ihrer Brieftasche genommen, wo er keineswegs der einzige gewesen war. »Ihr wollt uns alle nur an den Bettelstab bringen«, knurrte sie und überreichte das Geld.

»Gott schütze dich!«, der Taxifahrer lachte, »und gebe dir Gesundheit und ein langes Leben.«

Auch wenn die offizielle Stadtgrenze von Bamako längst überschritten war, bot sich der vertraute Anblick: eine Asphaltstraße, an der ein- bis zweistöckige Häuser standen, mit von handgemalten Werbetafeln übersäten Geschäften, Betrieben und Wohnungen, Verkaufsbuden von Lebensmitteln, Haushaltswaren oder Werkzeugen, zwischen denen Frauen an Tischen *Schoh*, Kochbananen, *Atjeke* oder frittierte Fische verkauften, *Dablini* oder gekühltes beziehungsweise gefrorenes Wasser, und hinter den Häusern, die die Straße säumten, wucherten meist ewig im Bau befindliche Häuser, solange Wasser- und Stromleitungen ins Land reichten. Wahrscheinlich wusste kein Mensch, wie groß Bamako war, und schon gar nicht, wie viel Einwohner es hatte.

Es war ein bewölkter Tag, und während Hawa Bamia die Straße überquerte, nahm sie ihre Sonnenbrille ab. An der Moschee vorbei ging sie auf die ungeteerte Straße, die aufs

Land hinaus führte. Auch hier fand sich alle paar Meter ein kleiner Laden, der Weißbrot, Eier, Trockenmilch, Seife, Waschpulver, Öl, Sardinenbüchsen, Maggi, Bonbons oder andere Süßigkeiten verkaufte, kleine Pakete Nudeln, Teebeutel, Zucker und immer eine eiserne Ration der 25-Gramm-Päckchen grünen Tees. Zwischen den Buden standen meist wacklige Tische, an denen Frauen Bananen, Orangen oder die Früchte des Baobab-Baumes verkauften, die um diese Jahreszeit reif waren.

Nur wenige Häuser waren verputzt und gestrichen – vor einem solchen saßen einige ältere Herren im Schutz eines Bastvorbaus und tranken Tee.

»Guten Tag, wie geht es euch?«, begrüßte Hawa Bamia sie.

»Uns geht es gut«, antworteten die Herren durcheinandersprechend. »Wie geht es dir? Wie geht es deinen Kindern? Wie geht es überhaupt der Familie? Wie steht es um die Gesundheit?«

Hawa Bamia bestätigte, dass alles in Ordnung sei und fragte nach Alassanne, dem Dogon, er sei erst kürzlich zugezogen.

Einer der Herren kannte ihn: »Hundert Meter weiter, dann rechts«, sagte er, und Hawa Bamia bedankte sich.

Alassanne Guindo wohnte in einem Anwesen, das aus zwei im rechten Winkel zueinander stehenden, je zweizimmrigen unverputzten Häusern mit schrägen Blechdächern bestand. Der Hof wurde von einem Mangobaum überwölbt, unter dem sich seine Frau, zwei seiner Kinder, ein Nachbar und ein Onkel auf Sesseln oder Plastikmatten gelagert hatten. Er begrüßte Hawa Bamia mit seinem Neugeborenen auf dem Arm, und sie überhäufte beide mit Segens- und Glückwünschen. Danach teilte sie ihm mit, dass sie seinen Rat brauche, und drückte ihm ein paar Münzen in die Hand.

Er gab das Kleine seinem Nachbarn auf den Arm und betrat mit Hawa dasjenige der beiden Gebäude, auf das mit Holzkohle seine Telefonnummer und das Wort »Marabout« geschrieben waren, was soviel wie Heiler, aber auch Hellseher bedeutet.

Im vorderen Raum standen zwei lädierte Sessel, von denen er einen in den nur durch einen Durchgang erreichbaren zweiten Raum hinübertrug, auf dem Boden eine nicht überzogene, ziemlich verdreckte dünne Schaumgummimatratze. Im hinteren Raum, der nur ein winziges Fenster hatte, bat er Hawa Bamia, auf dem Sessel Platz zu nehmen. An den Wänden hingen eine Ngoni, mehrere Gürtel, ein reich verzierter Lederstab mit großem Federflausch, Schafsfüße, ein weißes und ein schwarzes Vorhängeschloss, mit Zeichen bedruckte Tücher und eine Tabelle mit Zeichen und ihnen zugeordneten Zahlen. An die Wand gelehnt stand ein Balafon, und auf dem Boden fanden sich eine Schale mit Kaurimuscheln, mehrere mit Kaurimuscheln verzierte Kalebassen und kreisrunde, bauchige Kochtöpfe. Neben der Matte, auf der er sich niederließ, lagen ein ziemlich zerfleddertes Buch, ein Schreibblock und mehrere Kugelschreiber. Einen davon gab er Hawa Bamia und bat sie, ihr Anliegen vorzutragen.

Sie hielt ihn, als wäre der Kugelschreiber ein Mikrofon, und beschrieb ihre Sorgen um ihre Tochter in dramatischen Worten, ohne Details zu nennen.

Er hörte aufmerksam zu, rührte dabei mit der rechten Hand in der Schale mit den Kaurimuscheln und nickte manchmal, als ob er sein Verständnis ausdrücken wollte.

Kaum hatte sie geendet, nahm Alassanne Guindo eine Handvoll Kaurimuscheln aus der Schale und verstreute sie neben sich. Dann beugte er sich darüber und machte sich Notizen. Er nahm eine der Kalebassen und ließ sie in seinen Händen auf- und niederspringen, sodass die darauf befestigten Kaurimuscheln rasselten – dazu sprach er leise rituelle Formeln. Plötzlich ließ er die Kalebassen sinken, nahm das Buch, schlug willkürlich eine Seite auf und notierte wieder etwas auf seinem Notizblock. Danach füllte er eine Handvoll Kaurimuscheln in einen der Kochtöpfe, den er mit beiden Händen festhielt, und ließ sie darin raschelnd kreisen, wozu er neue Formeln sprach.

Dann brach er abrupt ab und griff zum Buch, um eine beliebige Seite aufzuschlagen und das Gefundene zu notieren. Zuletzt lehnte er sich zurück und studierte eingehend seine Notizen, während Hawa Bamia ihm angespannt zusah.

»Tja«, sagte er schließlich, »es sieht nicht gut aus! Ich sehe einen Weißen in Europa, der den Zorn der Geister auf sich gezogen hat.«

Hawa Bamia sah ihn überrascht an.

»Der Weiße in Europa wird sterben«, präzisierte der Hellseher, »und jeder, der mit ihm zusammenarbeitet, auch.«

»Und Fatoumata?«

»Das kann ich nicht deutlich sehen«, gab Alassanne Guindo zu, »sie ist irgendwie verwickelt und wieder nicht, aber sie bricht unsere Regeln: Es steht nicht gut um sie.«

»Was kann man tun?«

»Da sind Geister am Werk«, sagte Alassanne Guindo vorsichtig, »mit denen ich mich nicht messen kann. Es ist den Menschen nicht gegeben, ihnen etwas entgegenzusetzen.«

»Aber für Fatoumata«, bat Hawa Bamia, »es stimmt, sie widersetzt sich unseren Regeln – aber sie wird doch nur benutzt!«

Alassanne Guindo dachte lange nach, blätterte in seinem Buch, warf am Ende noch einmal die Kaurimuscheln. Nachdem er deren Lage begutachtet hatte, erklärte er: »Wir können etwas für Fatoumata tun, aber damit ist das Ganze noch nicht zu Ende.«

»Was soll das heißen?«

»Sie muss aufhören, andere Wege zu gehen!«

»Das Gefängnis wird ihr eine Lehre sein«, versicherte Hawa, »Hauptsache, sie kommt zu uns zurück.«

»Aufgrund der verwickelten Lage«, begann Alassanne Guindo seinen Lösungsvorschlag, »müssen zwei Opfer gebracht werden, ein Schaf und eine Ziege.«

Hawa Bamia nickte lächelnd.

»Wenn du willst, dass es schnell geht«, fuhr er fort, »kann ich es heute Abend schon tun.«

Hawa Bamia griff zu ihrer Handtasche.

»Du wirst heute Abend und morgen früh«, wies Alassanne Guindo sie an, »je ein großes Glas frische Kuhmilch trinken, hast du das verstanden? Außerdem werde ich dir ein Pulver aus gestampfter Baumrinde geben«, schloss er,

»mit dem du dich heute Abend und morgen früh waschen wirst, verstanden?«

Hawa Bamia nickte glücklich und überreichte ihm 150 000 Francs.

»Reicht das?«, fragte sie.

Alassanne Guindo nahm das Geld wortlos entgegen und steckte es in die Hosentasche.

»In einer Woche hast du deine Tochter wieder.«

Das Nadelöhr

»Bittschön!«, sagte Rosalind Schörghuber, »nicht, dass Sie mich falsch verstehn, ich will mich keinesfalls wo einmischen, wo ich nichts davon versteh und wo ich auch kein Recht dazu hab!«

Sie saß ganz vorne an der Kante des Stuhls am Glastisch in Ludwig Höfls Büro und sah ihn bittend, fordernd und zugleich besorgt an. In der Mitte des Tisches dufteten verlockend ihre mitgebrachten Marillenknödel. Auch die beiden Kaffeetassen dampften unberührt vor sich hin.

»Aber ich bitt Sie, Frau Schörghuber!«, antwortete Höfl fast entrüstet.

»Ich will auf keinen Fall«, Rosalind Schörghuber bestand darauf, »dass Sie denken, ich würd denken, ich könnt Ihnen was vorschreiben!«

»Also wirklich«, Höfl war nun tatsächlich entrüstet, »wie kommen Sie denn da drauf?«

»Weil's mich nichts angeht«, erklärte Rosalind Schörghuber, »aber so, wie alles jetzt gelaufen ist, bin ich nun mal mit drin, ob ich will oder nicht, und ich muss Ihnen des sagen, des geht einfach nicht anders.« Sie ruckelte unruhig auf ihrem Stuhl. »Ich hab einfach ein ziemlich ungutes Gefühl, ich fühl mich da mitverantwortlich und irgendwie a bisserl mitschuldig.«

»Ja so was!«, rief Höfl, »dann sagen Sie doch jetzt endlich mal, was Sie auf dem Herzen haben!«

»Die Frau Guindo«, brach es aus Rosalind Schörghuber heraus, »die kann nix dafür!«

»Mhm«, meinte der Oberstaatsanwalt, »können Sie des genauer erklären?«

»Des sagt mir meine weibliche Intuition!«, begann Rosalind Schörghuber. »Aber ich hab wirklich lang und ausführlich und fast schon intim mit der Frau Guindo gesprochen – und das hat mir viel zu denken gegeben!«

»Aha!«, sagte Dr. Ludwig Höfl.

»Ich bin als Frau von Natur aus a bisserl solidarisch mit ihr«, fuhr Rosalind Schörghuber fort, »aber so wie die da unten mit den Frauen umspringen – da muss Ihnen auch als Mann der Hut hochgehen! Des kann man sich bei uns zum Beispiel nicht vorstellen, dass eine Frau einen Mann heiraten muss, den sie gar nicht kennt, bloß weil ihre Familie des vorschreibt!«

»Kann sie das nicht verweigern?«, fragte Höfl.

»Theoretisch schon«, antwortete die Schörghuber, »des hat mir die Frau Guindo genau erklärt, nur wenn sie es macht, ist sie für den Rest ihres Lebens unten durch, hat keine Chance mehr, und dann will sie auch kein anderer mehr.«

Höfl nickte nachdenklich.

»Und außerdem hat sie gesagt«, fuhr Rosalind Schörghuber fort und lächelte verschmitzt, »die anderen Männer in Mali sind auch nicht besser!«

»Des ist bestimmt ein weites Feld«, meinte Höfl.

»Ich sag Ihnen eines«, fuhr Frau Schörghuber fort und hob ihren Zeigefinger, »die Frau Guindo wird benutzt, die wird nur ausgenutzt – und jetzt soll sie hier auch noch dafür bezahlen!«

»Des sagt der Staudinger ja auch«, berichtete Höfl, »der meint ja sogar, dass ihr Gspusi ein ganz Schlimmer ist!«

»Der Staudinger«, empörte sich Rosalind Schörghuber, »ist doch der Allererste, der sie ausnutzt, der nimmt sie doch als Pfand, obwohl gar nix Genaues gegen sie vorliegt, damit die in Bamako gezwungen sind, was zu machen, des ist doch ein ganz durchsichtiger Trick!«

»Sie meinen«, formulierte Herr Höfl lächelnd, »der nimmt sie als Geisel?«

Nun lächelte auch Frau Schörghuber. »Ganz so hart tät

ich des nicht sagen«, wog sie ab, »aber in die Richtung geht des schon!«

Nun griff Höfl endlich zu den lockenden Marillenknödeln, verzehrte einen davon mit sichtlichem Genuss und trank anschließend einen Schluck Kaffee. »Die weibliche Intuition sollte man nicht unterschätzen!«

Rosalind Schörghuber lächelte ihn weiter an.

»Aber wir Männer«, sagte Ludwig Höfl, »sind auch nicht völlig ohne jegliches Gespür, und wenn Sie mich fragen: Ich hab da auch seit einiger Zeit kein gutes Gefühl!«

Rosalind Schörghuber rutschte zurück in ihren Sessel und entspannte sich.

»Der Staudinger, des hab ich Ihnen schon gesagt, des ist ein Stier – manchmal ist des recht hilfreich, aber manchmal muss man ihm auch die Zügel anlegen.« Er genehmigte sich einen weiteren Marillenknödel. »Der Schwerpunkt der Ermittlungen hat sich jetzt ohnehin mehr nach Mali verlagert, der Ermittlungsrichter wird uns keine Steine in den Weg legen, seien Sie da ganz beruhigt!«

Rosalind Schörghuber strahlte: »Des erzähl ich dem armen Laube, dann freut er sich bestimmt. Den will ich nämlich besuchen, dem geht's gar nicht gut.«

»Aber erzählen Sie doch noch«, bat Höfl und griff zum dritten Marillenknödel, »von den Männern und Frauen in Mali, des interessiert mich!«

Der Lauf der Dinge

»Die Weiße kommt!«, rief Abdulaj. Er stand atemlos in der Küchentür.

»Scheiße«, antwortete Stefan, der in seiner Küchenecke saß und sich gerade missmutig eine Scheibe Vollkornbrot zum Abendessen abschnitt. »Schnapp sie dir doch endlich und schlepp sie ab!«

»Zu Befehl, Meister!«, rief Abdulaj und salutierte grinsend.

Stefan hatte sein Brot sorgsam mit Schmierkäse bestrichen und gesalzen: »Ihr könnt mich heute alle so was von am Arsch lecken!« Er griff zur Tageszeitung *L'Indépendant* und hatte noch nicht ganz zu Ende gegessen, da hörte er Schritte, das Rascheln des Vorhangs – und kurz darauf ein Zwitschern: »Hi Weißnase!«

Stefan schloss die Augen und ließ die Zeitung Millimeter für Millimeter sinken. Monika Sturm, in Wickelrock und knappem T-Shirt, lehnte lässig im Türrahmen und feixte. Abdulaj stand ein wenig hinter der Fensteröffnung, sodass sie ihn nicht sehen konnte, gestikulierte und schnitt Grimassen.

Stefan legte Brotrest und Zeitung auf den Tisch, betrachtete Monika Sturm und antwortete schließlich: »Na, Rothaut – keinen Sonnenschutz mitgenommen?«

Sofort wedelte sie auf ihn zu. »UV-Faktor 32. Aber wer kann denn ahnen, dass die afrikanische Sonne so durchdringend ist!«

Sie fiel so dicht neben Stefan auf die Eckbank, dass er unwillkürlich ein wenig von ihr abrückte.

»Steht in jedem Reiseführer«, murrte er.

»Kann man das Fenster da eigentlich nicht zumachen?«, fragte Monika Sturm, »da sieht einen doch jeder?«

»Nein!« Stefan war genervt.

»Sind wir heut ein bisserl grantig?«, schnurrte sie mit einem leicht bayerischen Akzent, von dem bei ihrem ersten Besuch nichts zu hören gewesen war, und tätschelte Stefans Arm. Der sah mit mühsamer Beherrschung zur Decke.

»Hatte schon bessere Tage«, bestätigte er.

In diesem Moment setzte die Air-France-Maschine Paris–Bamako mit einem leichten Hoppeln auf dem Flughafen Senou auf, wackelte ein wenig nach rechts und links und fing sich schließlich, als die Rückstoßturbinen aufheulten. Durch das Bullauge ihres Businessclass-Sitzes sah Fatoumata die wohlbekannten schlichten Flughafengebäude, und zum ersten Mal seit Wochen erhellten sich ihre Gesichtszüge. Dann sah sie vor sich ins Weite, und es huschte sogar ein Lächeln über ihr Gesicht – als ob sie sich auf etwas freute, was direkt bevorstand.

Sie verließ als eine der ersten die Maschine und wurde

am Fuß der Treppe von einem jungen Mann im schwarzen Anzug begrüßt, indem dieser zwei Finger der linken Hand an seine Kappe legte. »Willkommen zurück in Bamako!« Er deutete auf den hinter ihm stehenden Mercedes 600, eilte zur Tür des Rücksitzes und öffnete sie.

Ohne von irgendwelchen Pass- oder Zollformalitäten belästigt zu werden, glitt der Mercedes 600 unter einer wie von Geisterhand geöffneten Schranke aus dem Flughafengelände und auf die Schnellstraße in die Hauptstadt. Fatoumata atmete auf.

»Ehrlich gestanden machen mich die schwarzen Männer überhaupt nicht an«, erklärte Monika Sturm und zog einen erstaunten Blick Stefans auf sich.

Sie saß immer noch neben ihm auf der Eckbank und legte ihre Hand auf seine, wie um ihre Worte zu bekräftigen: »Dieses blöde Machogetue imponiert mir überhaupt nicht, außerdem« – sie kicherte kokett –, »die Mädels sagen, die kommen immer viel zu schnell zur Sache!«

Nun gestattete sich auch Stefan ein Lächeln. »Das kann man bei den beschnittenen Frauen nun überhaupt nicht sagen«, erklärte er und zog seine Hand nicht weg, »da kommt ›mann‹ am besten gar nicht zur Sache, weil die nie genug kriegen können!«

»Das ist auch wirklich eine Sauerei«, hauchte Monika Sturm, ohne wirkliche Empörung zu zeigen, strich aber wie unbeabsichtigt über Stefans Hand. »Sind die schwarzen Frauen denn wirklich so gut wie ihr Ruf?«

»Frauen sind Frauen«, erklärte der Mann am Tisch und entzog ihr seine Hand. »Es gibt immer solche und solche, egal ob schwarz oder weiß.«

Der Mercedes 600 preschte über die vierspurige Niger-Brücke. Fatoumata saß in der Mitte der Rückbank, streckte beide Arme aus und konnte sich an dem so lang entbehrten Anblick nicht sattsehen.

Doch als der Wagen wieder festen Boden unter sich hatte und der Fahrer blinkte, um beim nächsten Kreisverkehr rechts abzubiegen, beugte sich Fatoumata zu ihm vor und sagte: »Fahr geradeaus über Hippodrome, ich will noch kurz jemanden besuchen!«

»Kein Problem«, sagte der Fahrer.

»Ich hab mich kundig gemacht, wie des hier geht«, säuselte Monika Sturm, »die Frauen sind hier echt offenherzig.«

»Ach ja?« Stefan sah mit demonstrativem Desinteresse zur Tür, als wollte er aufstehen und hinausgehen.

»Schau mal!« Sie öffnete ruckartig ihren Wickelrock, »wenn man einen haben will«, erklärte sie, »kommt man so, das ist die Regel Nummer eins, hab ich gelernt.«

Sie schlug den Wickelrock wieder zu. »Regel Nummer zwei«, fuhr sie fort, »bring das Ding zum Stehen.« Sie lachte und fuhr fort: »Regel Nummer drei: Krall ihn dir, und er ist verloren.«

Vor Verblüffung machte Stefan keine Anstalten, sich von ihr zu lösen.

Lautlos glitt der Mercedes 600 vor die *Menuiserie d'espoir*. Fatoumata sagte zum Fahrer: »Komme sofort wieder« und öffnete die Wagentür. Abdulaj erstarrte. Sie winkte ihm von Weitem zu und ging selig lächelnd zu dem hell erleuchteten Fenster der Küche. Abdulaj ergriff die Flucht.

»Bitte!«, sagte Stefan und umfasste die Hüften seiner Besucherin, um sie wegzuschieben, aber sie umarmte ihn gegen seinen Willen.

Fatoumata lief geduckt bis neben das Fenster, versteckte sich daneben, lächelte, schoss hervor und rief:

»Ste ...« Sie erstarrte.

Stefan durchzuckte ein Blitz. Er schleuderte Monika Sturm zur Seite und sah direkt in Fatoumatas Augen, die sich mit Tränen füllten.

»Fatoumata!«, schrie er und wand sich unter Monika Sturms Beinen und der Tischplatte hervor, aber Fatoumata wandte sich wie in Zeitlupe um – bereits meilenweit entfernt.

»Fatoumata!!!«, schrie Stefan noch mal.

Fatoumata schlug die Wagentür zu und rief dem Fahrer zu: »Nach Hause.«

»Fatoumata!«, schrie Stefan ein drittes Mal – den Rücklichtern des Mercedes 600 hinterher.

Er schlug sich mit der Faust der rechten Hand in die offene Handfläche der linken.

»Verdammte Scheiße!«, rief er und ging wieder hinein.

»Offenbar der Klassiker«, begrüßte Monika Sturm ihn, die sich ihren Wickelrock richtete und grinste, »das war natürlich nicht im Programm.«

»Hau sofort ab!«

»Das wirst du mir noch büßen, Kleiner.«

No chance

Mamadou klappte sein Mobiltelefon zu. »Sie ist da! Der Mann, der dort CDs verkauft, hat ganz deutlich den Wagen beschrieben, es ist ihrer.«

»Ich wusste es!«, jubelte Stefan auf und hetzte zu seinem Motorrad, »sie geht als Erstes zu *Maiga*!«

Seine Augen flackerten, als er Mamadou einen verzweifelten Blick zuwarf. »Drück mir die Daumen!«, bat er und schwang sich auf den Sitz.

»Ja, klar!« Kaum war Stefan verschwunden, zückte Mamadou wieder sein Mobiltelefon, um Eric Clapton anzurufen.

Genau in dem Moment, als Stefan den Motor abgestellt hatte, erschien Fatoumata in der Tür des Supermarkts. Sie trug ihre obligatorische Sonnenbrille und in der Hand eine kleine schwarze Plastiktüte. Ihr Körper versteifte sich, als sie Stefan erkannte.

»Fatoumata!«, sagte Stefan leise bittend.

»Lass mich in Ruhe!«, zischte sie und ging zu ihrem Wagen.

»Das war ein Missverständnis!«

Sie lachte spöttisch, während die Autoschlösser aufklackten. »Deshalb konntest du also nicht nach Deutschland kommen«, sagte sie gepresst, »und mir helfen.«

»Deutschland ist zu gefährlich für mich«, sagte Stefan flehend.

»Weil all die Frauen hinter dir her sind«, sagte Fatoumata, während sie ihre Wagentür öffnete, »die du betrogen hast.«

»Ich hab nichts mit der«, rief Stefan, »bitte glaub mir, ich kann dir das alles erklären!«

Fatoumata setzte sich auf den Fahrersitz, schlug die Autotür zu, nahm ihre Sonnenbrille ab und sah Stefan an, der an sein Motorrad geklammert neben ihrem Wagen stand.

»Dir glaube ich kein Wort mehr!« Sie ließ den Wagen an.

Stefan löste sich von seinem Motorrad. »Ich kann darüber nicht reden«, er ging auf sie zu, »aber dir würde ich es sagen.«

»Und ich hatte gedacht«, sagte sie, während ihre Augen sich mit Tränen füllten, »es wäre Liebe.«

Sie schmetterte den Rückwärtsgang hinein und rauschte vom Parkplatz.

If I were a carpenter

Wenige Kilometer nach der Stadtgrenze von Bamako streifte die zur zweispurigen Landstraße verengte Rue Koulikourou die Ausläufer des Niger, eine von Felsen, Inselchen, Schilfflächen, Tümpeln, kleinen Seen und Rinnsalen zusammengesetzte Flusslandschaft, in der sich seltene Pflanzen fanden, exotische Vögel nisteten, in tieferen Gewässern auch gern mal ein Flusspferd prustete, und Baden nur an wenigen Stellen empfehlenswert war, da sich auch Krokodile dort tummelten.

Hier am Ufer befand sich das Restaurant *Logon*. Von seinen von Bastdächern beschatteten Tischen konnte man den Paradiesgarten bewundern, dabei die Fische des Flusses essen und meist auch exquisite Livemusik hören.

Fatoumata raste mit zusammengekniffenen Lippen auf den unter alten Mangobäumen gelegenen Parkplatz und musste so scharf bremsen, dass eine mächtige Staubwolke auf ihr Auto rieselte, als es zum Stehen gekommen war.

Links neben dem zwischen Büschen gelegenen Eingang befand sich das Küchengebäude, vor dem eine langgezogene, mit Barhockern bestückte Theke stand. Dahinter trocknete eine junge Frau Gläser und sang mit sehr hoher, manchmal fast piepsender Stimme vor sich hin.

Es war später Nachmittag und nur vereinzelte Gäste saßen an den weit auseinanderliegenden Tischen.

»Hallo Sally«, sagte Fatoumata, als sie an die Theke trat.

Sally sah erstaunt auf, aber als sie Fatoumata erkannt hatte, strahlte sie über das ganze Gesicht. »Mamou!«, brüllte sie mit voller Lautstärke in Richtung Küche, »komm sofort her, Fatoumata ist wieder da!«

Eine mächtige schwarze Matrone erschien in der Küchentür. »Fatoumata!«, rief sie mit tiefer Stimme und kam mit ausgebreiteten Armen auf sie zu, »ich glaub es nicht, endlich, Gott ist groß!« Sie beugte sich über die Theke, zog Fatoumata an ihren Busen und drückte ihr vier Küsse auf die Wangen. »Mein Kind, das Leben …«, sie wischte sich eine Träne aus dem Auge, »aber am Ende wird doch immer alles gut.«

»Ja«, sagte Fatoumata, wich aber ihrem Blick aus.

»Ich mach dir jetzt erst mal deine Brochettes vom Capitaine, mein Kind, mit Fritten und *Aloko*, dann weißt du, dass du wieder zu Hause bist, hast du das verstanden!« Kurz vor der Küche wandte sich Mamou noch einmal um und rief Fatoumata hinterher: »Und wir haben einen ganz besonderen Musiker heute – ich sage ihm, dass er gleich anfangen soll!«

»Herzlich willkommen in Mali – ich habe gestern Abend schon die gute Nachricht gehört!« Als Fatoumata Eric Clapton erkannte, schüttelte sie heftig den Kopf und suchte nach Worten, um ihren Unmut loszuwerden.

»Ich weiß«, sagte Clapton und hob beide Hände, »ich kenne die Geschichte, und sie ist so unmöglich, dass man sie wirklich kaum glauben kann.«

»Sie ist so eindeutig«, sagte Fatoumata leise, »dass man gar nichts mehr glauben kann.«

»Fatoumata!«, sagte Clapton, »manchmal passieren Dinge, die sind wie verhext, und das sage ich, obwohl ich Europäer bin und an so etwas nicht glaube.«

Fatoumata lächelte unwillig.

»Diese Frau«, fuhr Clapton fort, »hat sich nur an Stefan rangemacht, weil er so demonstrativ nichts von ihr wollte!«

Kurz sah Fatoumata hoch.

»Stefan ist wie besessen von dir, Fatoumata!«.

»Aber warum saß sie dann auf seinem Schoß?«, fragte Fatoumata, »ist doch alles nur Geschwätz!«

Clapton lachte so heftig auf, dass Fatoumata ihn stirnrunzelnd ansah. »Er war Gefangener seiner eigenen Konstruktion!«, rief Clapton. »Du kennst doch seine enge, typisch deutsche Küchenecke! Stefan hat an nichts anderes gedacht als an dich! Du hättest ihn sehen sollen, er hat kaum mehr geschlafen, hat kaum mehr gegessen – hast du nicht gesehen, wie abgemagert er ist?«

Die Kellnerin kam, brachte Tonic, Besteck, Baguette und ein kleines Päckchen Butter.

»Er hat so gelitten, wie ich ihn noch nie gesehen habe«, fuhr Clapton fort, sobald sie außer Hörweite war. »Du bist die erste und einzige Frau, die sein Herz erobert hat, glaub mir das. Ich mag ihn sehr, und nichts würde mich mehr für ihn freuen, als wenn mit euch beiden alles wieder in Ordnung käme.«

Fatoumata trank einen Schluck Tonic.

»Warum ist er dann nicht nach Deutschland gekommen und hat mir geholfen?«, fragte sie.

»Das muss er dir selbst erklären«, sagte Clapton. »Ich bin der Einzige, der ungefähr weiß, worum es geht. Selbst Mamadou weiß nichts, er würde es nicht verstehen.«

Fatoumata sah ihn stirnrunzelnd an. »Hat es was mit der Polizei zu tun? Wird er gesucht?«

Die Kellnerin kam mit den frischen, zwischen Tomaten und Zwiebeln aufgespießten gedünsteten Fischfilets.

»Er ist unschuldig«, erklärte Eric Clapton und griff zu seiner Gitarre, »gib ihm eine Chance!«

Und während Fatoumata in ihrem Fisch herumstocherte, begann er zu singen: *»If I were a carpenter and you were a lady – would you marry me anyway, would you have my Baby?«*

Und wer spendiert mir mal ein Eis?

»Sie haben leicht reden von Ihrer Museumsinsel aus«, sagte Philipp Laube, »Ihrem Wolkenkuckucksheim da – jenseits von Gut und Böse!«

Er lag mit von vielen Kissen aufgerichtetem Oberkörper im Bett einer Privatstation des Krankenhauses rechts der Isar, wo sich inzwischen ein ganzes Professorenteam um den rätselhaften körperlichen Verfall des prominenten Münchner Galeristen kümmerte und gleichwohl zu keinem Ergebnis kam. Rosalind Schörghuber hatte ihn auf seine Bitte hin besucht, aber betont, dass es ihr selbst auch ein Anliegen gewesen sei zu kommen; ihre Handtasche auf den Knien, saß sie in aufrechter Haltung auf einem Stuhl neben dem Bett und betrachtete Laube mit ernstem Blick. Aufgrund des besorgniserregenden Zustands des Patienten, der nur noch aus Haut und Knochen bestand, war die Besuchszeit auf dreißig Minuten begrenzt worden.

»Sie haben Ihr festes Gehalt, Ihre Rente, Ihr gesichertes Einkommen«, fuhr Laube fort, »da lässt es sich trefflich philosophieren, da kann das Philanthropendasein fröhliche Urständ feiern und die Welt unter dem Gesichtspunkt ihrer besten Möglichkeit betrachtet werden.« Er sah Frau Schörghuber vorwurfsvoll an. »Dass sie in Wirklichkeit immer nur in ihrer schlechtesten Möglichkeit daherkommt, das bekommen so Leute wie unsereins zu spüren, die mitten im Leben stehen, die ihre Miete jeden Monat neu verdienen müssen und Bestechungsgelder nicht nur in Mali zahlen, das können Sie mir glauben!« Schwer atmend ließ er sich in seine Kissen zurückfallen.

»Vielleicht sollten wir diese Diskussion«, wandte Rosalind Schörghuber ein, »lieber führen, wenn es Ihnen etwas besser geht. Sie brauchen, glaube ich, zur Zeit eher Ruhe und Besinnlichkeit.«

»Es ist nicht sicher«, sagte Laube mit geschlossenen Augen, »ob es dazu noch mal kommen wird.«

»Herr Laube!«, sagte Rosalind Schörghuber energisch, »so was dürfen Sie nicht sagen!«

»Wissen Sie«, Laube blickte auf die Krankenhausdecke,

»früher war ich ja auch mal Sozialist, aber dabei ist nur herausgekommen, dass ich jetzt Materialist bin!«

»Ach ja?«, bemerkte Frau Schörghuber, »wie kommt's?«

»Weil das alles keinen Sinn hat«, Laube richtete sich mühsam auf, »das ganze Prinzip Hoffnung, darauf kann man doch« – er suchte nach einem angemessenen Wort – »einen feuchten, übelriechenden Haufen setzen, gnädige Frau, wenn Sie verstehen, was ich meine.«

»Ich verstehe schon«, erwiderte diese, »aber so dürfen Sie nicht reden, Herr Laube, was bleibt uns denn anderes als die Hoffnung?«

»Eben jene abstoßende Aussonderung«, krächzte Laube mühsam, »sonst nichts, gar nichts!«

»Sie dürfen sich nicht so aufregen, Herr Laube!« Rosalind Schörghuber war ehrlich besorgt.

Laube verzog sein Gesicht. »Der Dialog der Kulturen! Glauben Sie im Ernst, da unten interessiert sich ein Schwein für den? Ein Hohn ist doch das, Freizeitvergnügen für die Industriebourgeoisie, neokoloniale Selbstbefriedigung frustrierter Millionärsgattinnen.« Er stützte sich mit beiden Händen auf die Matratze. »Dialog der Geschäftemacher, sonst gar nichts. Ich weiß«, fuhr Laube leise und mit geschlossenen Augen fort, »Sie zählen mich dazu, weil ich auch versucht habe, meinen Schnitt zu machen« – er suchte ihren Blick –, »aber was sollte ich denn anderes machen? Wir leben auf keiner Insel der Seligen, auf der es nur gute Menschen gibt: Der Vermieter lässt pfänden, wenn man nicht zahlt!« Er schloss die Augen. »Ich habe versucht, das Ideelle und das Materielle zu verbinden und bin damit gescheitert!«

»Aber Herr Laube«, ließ Rosalind Schörghuber sich vernehmen, »jetzt werden Sie doch nicht so fatalistisch!«

»Wir mit unserem idiotischen Gerechtigkeitswahn«, krächzte Laube und stützte sich auf seine Ellenbogen, »und dann natürlich gleich global, im Grunde auch nur eine unsägliche Anmaßung, typisch deutsche Besessenheit.« Er sah Frau Schörghuber aus seinen hohlen Augen gequält an. »Meinen Sie wirklich, das interessiert da unten auch nur einen Einzigen? Die lachen sich doch tot über uns! Die sagen natürlich Ja und Amen zu allem, solange sie noch was dabei rausholen können, die nutzen das aus bis zum letzten Tropfen und wären schön blöd, wenn sie es nicht täten!« Er nickte mit bitterer Miene in sich hinein. »Kulturelle Identität, dass ich nicht lache!« Er beugte sich zu Rosalind Schörghuber und rieb seinen Daumen am Zeigefinger: »Finanzielle Identität, und wenn die kulturelle sich günstig auf den Kontostand auswirkt, nimmt man die gerne auch noch.«

»Jetzt sehens doch nicht alles so schwarz!«, rief Frau Schörghuber verzweifelt, »wenn man Sie hört, kann man ja gleich einpacken!«

»Richtig«, sagte Laube und nickte mit geschlossenen Augen, »Sie haben mich gut verstanden.«

»Das braucht alles seine Zeit«, sagte Rosalind Schörghuber begütigend.

Philipp Laube richtete sich ruckartig auf und sah sie in wilder Ratlosigkeit an: »Und wer spendiert mir mal ein Eis?«

»Herr Laube«, sagte Rosalind Schörghuber und sah hilflos um sich.

»Die haben mich fallen gelassen wie eine heiße Kartoffel. Ich weiß nicht warum, aber ich weiß, dass sie mich loshaben wollen.«

»Ja, wer denn, um Himmels willen?«, fragte Frau Schörghuber.

»Meine geschätzten Geschäftspartner, die Herren Wueleguem und Co, das sag ich Ihnen, die haben mich ausbluten lassen, und jetzt schmeißen sie mich weg.«

»Ja, aber warum sollten sie das tun?«

»Weil sie irgendwelche anderen Pläne haben«, keuchte Laube mit aufgerissenen Augen, »in die ich nicht mehr passe, wahrscheinlich haben sie etwas oder jemanden gefunden, wo sie noch mehr Geld herausschlagen können, ich weiß das, ich spür das, ich soll aus dem Weg geräumt werden!«

»Aber Herr Laube, das ist doch völlig an den Haaren herbeigezogen!«

Philipp Laube öffnete die Schublade seines Beistellschränkchens und entnahm ihr ein Plastiksäckchen, in dem sich ein graues Pulver befand.

»Diese ›Medizin‹«, erklärte er und überreichte Schörghuber das Säckchen, »hat mir Frau Guindo mit guten Besserungswünschen von ihrem Mann mitgebracht, weil die europäische Medizin mir nicht helfen konnte, nicht einmal das berühmte Münchner Tropeninstitut!«

Rosalind Schörghuber nahm das Säckchen entgegen und roch unwillkürlich daran.

»Und was wollen Sie damit sagen?«, fragte sie daraufhin.

»Dass sie mir damit den Rest gegeben haben«, antwortete Laube, »angefangen hat es nämlich nach einem Essen mit Wueleguem – und ich Idiot mit meinem blinden Vertrauen schluck natürlich brav alles –, und jetzt haben wir die Bescherung!«

»Ja, aber haben Sie das denn untersuchen lassen?«, fragte Rosalind Schörghuber ungläubig.

»Nein«, antwortete Philipp Laube, »das ist ja der Grund, wieso ich Sie bat, mich zu besuchen. Sollte ich tatsächlich zu Tode kommen, bitte ich Sie, das der Polizei zu übergeben. Sie waren schon am Flughafen die Einzige, die mich als Mensch gesehen hat.«

»So was dürfen Sie nicht sagen! Sie werden doch nicht ohne Grund sterben – wenn die ganzen Professoren hier nichts finden, ist auch nichts, und dann ist ganz bald alles wieder gut!«

Laube ließ sich wieder in seine Kissen zurückfallen.

»Wenn die Herren nichts finden«, flüsterte er, die Augen jetzt wieder geschlossen, »heißt das nicht, dass da nichts ist!«

Rosalind Schörghuber betrachtete das Säckchen in ihrer Hand. »Aber warum haben Sie das dann nicht gleich hier ins Labor gegeben?«

»Weil mich hier keiner ernst nimmt, die halten mich doch nur für einen rettungslos verbohrten Hypochonder, der bereit ist zu sterben, nur um recht zu haben!«

Stefan saß in seiner Küchenecke, aß Müsli und las *L'Indépendant*. Ein Bettler, der unter einem Verschlag aus einem auf vier Stöcke gespießten, halb zerfetzten Plastiktuch lebte, den er auf einer Kreisverkehrsinsel aufgebaut hatte – unzählige Male war Stefan daran vorbeigefahren, jeder kannte dieses Unikum, niemand, am wenigsten die Polizei, nahm Anstoß daran –, war von der Kriminalpolizei verhaftet worden, als Großdealer. Stefan zog die Zeitung näher und las weiter: Jeden Nachmittag um 16 Uhr sei der Mann verschwunden, habe ein Versteck aufgesucht, sich dort umgezogen, schick mit Anzug und Krawatte, habe ein Taxi genommen, seine diversen Kunden aufgesucht und alle weiteren damit zusammenhängenden Erledigungen getätigt, um gegen 19 Uhr, der Zeit des Abendgebets, wieder in sein Versteck zurückzukehren, den Anzug gegen die braunen, verdreckten Stofffetzen zu tauschen, mit denen er stadtbekannt war, und in seine öffentliche Heimstatt zurückzukehren. Vier Jahre sei das so gutgegangen, und er habe dabei 13 Millionen westafrikanische Francs verdient, etwa 20 000 Euro – nun war das Spiel aus. »Ein Mann mit eiserner Disziplin«, schrieb die Zeitung nicht ohne Respekt, und wörtlich: »fast wie ein Deutscher!«

Stefan konnte sich ein Grinsen nicht verkneifen, schob kopfschüttelnd die Zeitung von sich, sah hoch – und in Fatoumatas Gesicht.

»Störe ich?«, fragte sie.

Stefan versuchte, sich aus seiner Küchenecke zu befreien.

»Bleib ruhig sitzen«, rief Fatoumata und stand schon unter dem Eingangsvorhang, »ich bin aus reiner Neugierde hier.« Sie trug ihren einfachen malischen Dreiteiler, hatte ihre Handtasche über der Schulter hängen und an beiden Handgelenken Armreifen sowie an der linken Hand den klassischen großen Ring, der gegen böse Geister helfen soll.

»Mach dir keine falschen Hoffnungen«, sagte sie und ging auf die Küchenecke zu, »ich will nur wissen, was du mir sagen wolltest.« Sie setzte sich Stefan gegenüber. »Das bist du mir schuldig«, sagte sie fast geschäftsmäßig. »Deine Weibergeschichten interessieren mich nicht.«

»Es ist nicht einfach«, sagte Stefan, »ich muss weit ausholen.«

»Dann tu das«, forderte sie ihn auf.

Er fuhr sich mit den Händen über das Gesicht, sah Fatoumata an und holte tief Luft. »In den siebziger Jahren hatte ich, wie viele aus meiner Generation, mit Drogen zu tun – allerdings nur mit halluzinogenen Drogen«, fügte er verlegen lächelnd hinzu, »bewusstseinserweiternden, wie wir das immer nannten.«

Fatoumata lehnte sich zurück und schlug die Beine übereinander.

»Vor allem haben wir Haschisch geraucht«, fuhr er fort, »Kiff oder Dope, wie man heute sagt, aber wir haben auch LSD genommen, Pilze wie Meskalin aus Südamerika – so etwas gibt es ja auch hier in Afrika, aber selbst meine besten Freunde haben mir noch nichts gegeben, weil sie Angst haben, ich vertrage es nicht. Suchtdrogen wie Heroin oder Kokain haben wir aus ideologischen Gründen abgelehnt. Wenn einer aus unserer Clique so etwas genommen hatte, wurde er aus der Gruppe ausgeschlossen, wir waren fast wie eine religiöse Gemeinde, die glaubte, den Geheimnissen des Lebens auf der Spur zu sein. Seit es Drogen gibt, gibt es den Mythos der Erleuchtungsdroge, der Glückspille, des Stoffes, der die Weisheit bringt, der Substanz, die hilft, die Erklärung für alles zu finden. Soma, die alles übertreffende, die letzte, die Überdroge.« Er machte eine kleine Pause. »Wir hatten damals geheime Labors, in denen wir versucht haben, Soma künstlich herzustellen. Dabei musste experimentiert werden, was wir in allererster Linie natürlich mit uns selbst machten, schon aus Neugier und weil wir ja auf die Erfahrung scharf waren. Aber im Lauf der Zeit wurden immer mehr andere mit hineingezogen. Dabei ist meine damalige Freundin Angelika ums Leben gekommen. Ich wusste nichts davon, bitte glaub mir«, rief Stefan, »ich kam erst dazu, als alles zu spät war und sie schon im Sterben lag! Unser Chemiker hatte ihr eine neue Zusammensetzung verabreicht, auf ihre Bitte, aber er hätte es trotzdem nicht tun dürfen. Es war eine eiserne Regel, dass wir neue Kombinationen erst mal nur im engsten Kreis ausprobierten. Sie hat sofort einen Kollaps bekommen, Atemnot und Herzrhythmusstörungen. Er hat nicht gewagt, einen Arzt zu holen, weil sonst alles hochgegangen wäre. Statt dessen rief er mich an, um mit ihr ins Krankenhaus zu gehen, da sie ja meine Freundin war. Aber als ich kam, war es zu spät, sie war schon ganz blau angelaufen und bekam keine Luft mehr. Sie erkannte mich noch und klammerte sich an mich, bohrte ihre Fingernägel in meine Arme, ich spür es noch wie heute. Es war so furchtbar, das kannst du dir nicht vorstellen! Plötzlich ließ der Druck ihrer krallenden Finger nach, bis er völlig aufhörte, und ich wusste, dass sie tot war!« Stefan lehnte sich in seine Eckbank zurück und streckte beide Arme von sich.

»Und dann?«, wollte Fatoumata wissen.

»Dann ist alles hochgegangen«, erklärte Stefan, »es gab ein Ermittlungsverfahren gegen Klaus, unseren Chemiker; gegen mich wurde auch ermittelt, aber wir hatten gesagt, dass er mich erst geholt hatte, als sie schon tot war, und ich ansonsten mit der Gruppe nichts zu tun hatte. Klaus hat alles auf sich genommen, weshalb er nicht einmal in Untersuchungshaft kam – und dann hat er sich an Angelikas Grab umgebracht.«

»Oh Gott!«, rief Fatoumata aus.

»Daraufhin wurde das Ermittlungsverfahren eingestellt«, beendete Stefan seinen Bericht.

»Aber was ist dann das Problem!?« Fatoumata sah ihn an.

»Die neue Technologie«, antwortete Stefan, »DNA – man kann heute Spurenelemente nachweisen, von denen Sherlock Holmes nicht einmal geträumt hat. Seit es das gibt, nehmen sie alle ungeklärten Fälle der Vergangenheit wieder auf, und ich bekam eine Vorladung, musste Speichel- und Hautproben abgeben. Noch in derselben Nacht bin ich abgehauen.«

»Aber warum?!«, fragte Fatoumata, »du bist doch unschuldig!«

»Der Einzige, der das bezeugen könnte, ist Klaus, und der

ist tot«, antwortete Stefan, »ich aber habe damals gelogen, dass ich erst nach dem Tod gekommen sei, und das ist für die deutsche Justiz allein schon Grund genug, mir zumindest eine Mittäterschaft zu unterstellen, denn meine Hautspuren können sie unter ihren Fingernägeln nachweisen, und auch auf Beteiligung steht lebenslanges Gefängnis.«

Fatoumata beugte sich langsam über den Tisch und schob ihre Hand in seine Richtung. Stefan kam ihr mit seiner langsam entgegen. Als sich ihre Fingerspitzen berührten, lächelten sie.

Fatoumata stand auf, ging um den Tisch herum und zwängte sich auf den engen Sitz neben Stefan. Sie drängte sich an ihn und schmiegte ihren Kopf an seine Schulter. Dann nahm sie mit beiden Händen seine rechte Hand und führte sie zum Mund.

Stefan schlang seine Arme um sie. Als ob die Zeit stillstünde, verharrten sie so eine Ewigkeit.

Dann schob Fatoumata ihren Mund an sein Ohr und flüsterte: »Ich bekomm ein Kind von dir.«

»Wirklich von mir?«, fragte Stefan.

»Ich hab mit Dauda schon lange nicht mehr geschlafen«, antwortete Fatoumata, »was denkst du denn?!«

»Wohin gehen wir also?«, fragte Stefan. »Nach Burkina? Oder Senegal? Oder Uganda, Kampala ist nicht schlecht. Oder lieber nach Angola, alle sagen, da ist es ganz super jetzt!«

»Burkina wäre schön«, sagte Fatoumata, »ist aber zu nah.«

»Auf keinen Fall Nigeria!«, sagte Stefan und beugte sich nieder, um ihren Bauch zu küssen.

»Madagaskar«, entschied Fatoumata.

Das wahre Gesicht

»Natürlich nehme ich das Beste mit«, protestierte Stefan und tippte sich mit dem Finger an die Stirn, »ich hab doch sonst nichts, um dort dann wieder neu anzufangen.«

Abdulaj sah wehmütig auf den Hobel, den Stefan in seinen Werkzeugkasten legte. Sie standen unter dem Vordach der *Menuiserie d'espoir*, und Mamadou studierte stirnrunzelnd die Dokumente auf dem Tisch der Kreissäge. »Ihr habt das alles hier fünffach«, rechtfertigte sich Stefan, »während ich mir das dort alles erst mal Stück für Stück neu besorgen muss.«

»Also ich weiß nicht«, meldete sich Mamadou, »ob ich das morgen gleich alles geregelt bekomme mit den Papieren, das ist viel zu kompliziert, das geht einfach nicht so schnell.«

»Dann zahlst du eben!«, rief Stefan, »hier geht alles, wenn man genügend Bargeld hat!«

Mamadou schüttelte den Kopf.

»Herrgott noch mal, wir müssen so schnell wie möglich weg!«, rief Stefan.

»Ja, aber«, sagte Mamadou.

»Wenn Wueleguem Lunte riecht!«, rief Stefan nervös.

»Guck mal, wer da kommt«, grinste Abdulaj.

Stefan fuhr herum, seine Gesichtszüge verhärteten sich, als er sah, wer da kam. »Ich habe dir gesagt, dass du dich hier nie wieder blicken lassen sollst, hau ab, sonst passiert gleich ein Unglück.«

»Zu spät«, sagte die Dame, züchtig in luftige Baumwolle gekleidet, und griff in ihre Rocktasche. Sie baute sich vor Stefan auf und sagte: »Tandler, Claudia, Kriminalpolizei München, Mordkommission.« Sie hielt ihm ihre Polizeimarke entgegen. »Herr Gersson, Karl, genannt ›Charles‹«, fuhr sie fort, »Grüß Sie Gott – wir hätten mit Ihnen ein paar Fragen zu klären.« Sie wies in Richtung Küche.

Charles Gersson, alias Stefan, blickte zu Mamadou und dann zu Abdulaj, die ihn verständnislos anstarrten, sah zu Claudia Tandler, alias Monika Sturm, und auf den halb gepackten Werkzeugkasten.

»Herzlichen Glückwunsch«, sagte Stefan und wandte sich dem Eingang zu. Als er an Mamadou vorbeiging, sagte er: »Du hast recht gehabt – sie ist eine Schlange.«

Claudia Tandler blieb stehen und wandte sich ihrerseits

an Mamadou: »Dein Freund wird wegen Mordverdachts gesucht – wusstest du das?«

Mamadou sah Stefan alias Madou Diarra alias Charles Gersson verwirrt an.

»Vergiss es«, sagte Stefan, »Bullen sind Bullen, sie biegen immer alles so hin, wie es ihnen passt.«

Claudia Tandler schob den Vorhang zur Seite und wandte sich Stefan zu: »Wer zuletzt lacht, lacht am besten.«

»Aber den letzten«, entgegnete Stefan, während sie in die Küche traten, »beißen die Hunde.«

Als sie sich am Tisch gegenübersaßen, griff Claudia Tandler unter die Tischplatte, befühlte sie eine Zeit lang, riss dann an etwas und zauberte schließlich ein kleines, viereckiges Metallteil hervor.

»Dies ist ein hochwertiges Mikrofon mit Sender«, erklärte sie und überreichte es Stefan, »Dein Geständnis gegenüber deiner schwarzen Gespielin ist in hervorragender Tonqualität aufgezeichnet und bereits zur Auswertung in München.« Daraufhin holte sie einen MP3-Player aus ihrer Tasche. »Du kannst gerne einige Kostproben hören, falls du nicht mehr weißt, was du da alles gesagt hast.«

»Nein danke«, sagte Stefan und gab das Mikrofon zurück, »das ist sowieso nicht gerichtsverwertbar.«

»Gerichtsverwertbar sind die DNA-Analysen, die in der Tat alles bestätigt haben, was du gesagt hast«, erklärte Claudia Tandler betont freundlich, »die Aufnahmen reichen allerdings, um ein Amtshilfeersuchen zu begründen: Die Kollegen von der malischen Polizei sind informiert und werden dich auf ein Zeichen von mir sofort in Auslieferungshaft nehmen.«

»Worauf warten wir dann noch?«, fragte Stefan und sah zum Fenster, hinter dem Mamadou und Abdulaj standen.

»Da ist noch was«, antwortete Claudia Tandler kalt.

»Und das wäre«, fragte Stefan desinteressiert.

»Philipp Laube ist tot.«

Stefan sah sie erstaunt an.

»Er hat zuletzt von Fatoumata Guindo mitgebrachte afrikanische ›Medikamente‹ zu sich genommen, die tödlich giftige Substanzen enthalten.«

»Wie bitte!?!«, fragte Stefan.

»Richtig gehört«, trumpfte Claudia Tandler auf und lehnte sich in ihrem Stuhl zurück, »es besteht begründeter Verdacht, dass das Ehepaar Wueleguem/Guindo den Münchner Galeristen und Vorkämpfer der Völkerverständigung Philipp Laube vorsätzlich und kaltblütig mit Hilfe von in der Tat nur schwer nachzuweisenden afrikanischen Giften ermordet hat.«

Stefan schüttelte den Kopf. »Völlig absurd!«

Claudia Tandler zuckte mit den Achseln. »Die Beantwortung dieser Frage liegt bei Interpol und den zuständigen Gerichten.«

»Und was hat das mit meiner – uralten – Sache zu tun?«, fragte Stefan.

Claudia Tandler beugte sich über den Tisch und lächelte. »Wir geben dir eine allerletzte Chance«, erklärte sie.

»Jetzt bin ich aber gespannt!«

»Wir haben hier keinen Zugriff auf die mutmaßlichen Mörder von Laube«, begann Claudia Tandler, »und wenn du mit deiner derzeitigen Lebensabschnittsgefährtin in ein Land ausreisen würdest, mit dem wir ein Auslieferungsabkommen haben, wird deine alte Sache zu Gunsten der neuen fallen gelassen.«

Stefan verzog das Gesicht: »Hab ich das richtig verstanden? Ich soll Fatoumata ausliefern, um meinen Arsch zu retten?«

Claudia Tandler grinste.

»Das gibt's doch gar nicht«, sagte Stefan heiser, »ihr bildet euch tatsächlich ein, dass ich zu so etwas fähig bin?«

»Du bist Ende fünfzig«, wandte Claudia Tandler schnell ein, »lebenslang sind mindestens fünfzehn Jahre, also bist du Mitte siebzig, wenn du rauskommst, und dann hast du nichts mehr, kannst zur Sozialhilfe gehen – und mit den kleinen schwarzen Muschis ist es auch vorbei!«

Kaum war Claudia Tandler aus dem Haus, griff Stefan sein Mobiltelefon. Anstelle des Klingeltons hörte er den Anrufbeantworter. »Fatoumata«, sprach er darauf, »die deutsche Polizei hat mich gefunden. Sie haben unser Gespräch gestern Abend abgehört, wollen mich verhaften und ausliefern. Laube ist tot, und sie klagen dich und Dauda an, ihn vergiftet zu haben. Bring dich sofort in Sicherheit, sie sind in der Lage, dich zu entführen und in ein Land zu bringen, von dem aus du ausgeliefert werden kannst. Ich schicke Mamadou los, ein Ticket für die Maschine heute Nacht zu kaufen – wenn ich mich freiwillig stelle, sind meine Chancen besser. Bitte verlass Bamako sofort! Ich liebe dich!«

Deutsche Wertarbeit

»Die Deutschen«, fuhr Bamakos Kripochef Modibo Sangare fort und sah Dauda Wueleguem vielsagend an, »sind in der Lage, einen Diebstahl bis zur Erschaffung der Welt zurückzuverfolgen, wenn er noch nicht mit allen erforderlichen Stempeln ordnungsgemäß abgelegt ist, die Deutschen« – er schüttelte entnervt den Kopf – »sind wirklich nicht auszuhalten!«

Wueleguem lächelte angestrengt. Die Sekretärin mit den ungeheuer hochgetürmten Haaren erschien und servierte zwei Gläschen Tee. »Der zweite«, flötete sie, machte ihren Knicks und verschwand wieder.

»Ich dachte, du hast schon was Neues?«, fragte Sangare, als Türmchen die Tür geschlossen hatte.

»Ich probiere immer erst vorher aus«, antwortete Wueleguem, »aber die Neue konnte es nicht so gut wie die Alte.« Wueleguem schlürfte seinen Tee. »Aber, in sha allah«, setzte er hinzu, »gibt es in Kürze was Besseres als beide zusammen! Ist schon in Arbeit! Also, was gibt's denn noch?« Wueleguem setzte sein Teeglas ab und sah Sangare stirnrunzelnd an. »Dieser schwachsinnige Vorwurf mit dem Gift reicht doch schon!«

»Wie gesagt, das ist noch nicht offiziell«, antwortete dieser, »das hat uns die deutsche Kollegin gesteckt, offiziell wollten sie von uns, dass wir den Deutschen verhaften, der auch für dich gearbeitet hat.«

Wueleguem sah überrascht auf. »Wieso das?«

»Wegen einer Sache, die fast vierzig Jahre alt ist!«, rief Sangare, »ich sage dir, die Deutschen sind nicht mehr zu retten!«

Wueleguem schüttelte verständnislos den Kopf.

»Aber er hat sich selbst gestellt«, fuhr Sangare fort, »also blieb uns das erspart.«

»Was ist dann das Problem?«, fragte Wueleguem fast ärgerlich.

Sangare druckste etwas herum.

»Der Vermittler des Deutschen, ein Coulibaly«, begann er schließlich, »war bei uns.«

»Ach ja?«, fragte Wueleguem.

»Deine Frau« – Sangare vermied, Wueleguem anzusehen – »war wohl wegen einer Küche öfters bei dem Schreiner, und da er ja auch Deutscher ist, hat er offenbar alles mitbekommen, was in München gelaufen ist. Die deutsche Kollegin«, erklärte Sangare, »die hinter dem Deutschen her war, hat ihm Straferlass angeboten, wenn er hilft, Fatoumata nach Libyen zu entführen, da die Deutschen mit Bruder Muammar ein geheimes Auslieferungsabkommen haben.«

»Und?«, fragte Wueleguem mit zusammengekniffenen Augen.

»Der Deutsche hat abgelehnt und Coulibaly geschickt, damit wir dich warnen; er sagt, diese Frau ist gefährlich und zu allem entschlossen.«

»Und was denkst du?«, fragte Wueleguem beeindruckt.

Sangare hob abweisend die Hände. »Ich übernehme keine Garantie«, rief er mit dramatischem Ton, »ich sag's dir ja, die Deutschen sind zu allem fähig, und ich sage dir noch eines« – er beugte sich verschwörerisch über den Tisch –, »die Deutschen, die sind noch schlimmer als die Juden!«

Wueleguem verzog das Gesicht.

»Meinen alle nur, sie sind was Besseres als wir!«

Wueleguem rieb sich das Kinn, dachte kurz nach, dann sprang er auf. »Mein lieber guter alter Freund Modibo«, er griff in seine Schreibtischschublade, »ich brauche jetzt deine Unterstützung. Ich werde gleich Fatoumata anrufen«, er begann, ein Päckchen 10000er-Banknoten zu zählen, das er aus der Schublade geholt hatte, »und ihr mitteilen, dass du sie noch heute unauffällig nach Bandiagara bringen wirst – ich denke, dort ist sie vor den Deutschen sicher.«

»So sicher, wie Gott groß ist«, sagte Modibo Sangare, der bereits vor dem Schreibtisch stand und das Päckchen Banknoten in Empfang nahm.

Die Seifenblasen

Stefan stand auf einem Stuhl unter dem Fenster seiner Zelle im Gefängnis München-Stadelheim und sah auf den Gefängnishof hinunter.

Ein Schlüssel rasselte schwer im Schloss, und er stieg vom Stuhl.

»Sie, das ist aber nicht erlaubt«, sagte der Wächter und ließ sein Schlüsselbund scheppernd in der Hand hüpfen, »Stühle sind zum Sitzen da, nicht zum Draufstehn.«

»Aber wie soll ich sonst raussehen?«, fragte Stefan.

»Des ist im Prinzip auch nicht erlaubt«, klärte ihn der Gefängnisbeamte auf und winkte ihn zu sich, »aber wir haben's ja nicht mehr wie bei Hitler!«

Stefan lächelte und ging auf ihn zu.

»Da brauchen Sie gar nicht so schauen«, moserte der Wächter und trat zur Seite, um Stefan auf den Gang treten zu lassen, »in dem Hof, wo Sie rausschauen, hat man die Geschwister Scholl hingerichtet: Da können Sie froh sein, dass Ihnen das erspart bleibt.«

Stefan blieb auf dem Gang stehen.

»Sie haben hohen Besuch«, informierte der uniformierte Schlüsselträger seinen Schützling, »Sie sind ja fast schon wie ein Promi!«

»Versteh kein Wort«, sagte Stefan.

»Dann lassen Sie sich halt überraschen!«, sagte sein Bewacher.

»Also, das ist ein rein informelles Hintergrundgespräch«, eröffnete Dr. Ludwig Höfl auch im Namen von Rosalind Schörghuber die Unterhaltung im fensterlosen Verhörraum der Justizvollzugsanstalt, in der nur ein abgewetzter Holztisch mit vier Stühlen stand, »damit wir uns da richtig verstehen!«

»Wenn es der Wahrheitsfindung dient«, antwortete Stefan und lächelte, »bin ich zu jeder Schandtat bereit.«

»Wenn Sie das ein wenig früher schon gewesen wären«, gab Höfl zurück, »hätten Sie uns allen viel Arbeit erspart!«

»Wie soll ich das verstehen?«, fragte Stefan.

»Mit ein bisschen mehr Vertrauen in die deutsche Justiz«, antwortete Höfl spitz, »hätten Sie sich selber den ganzen Aufwand ersparen können!«

»Lassen Sie mich erst mal meine schönen Grüße ausrichten!«, mischte sich Rosalind Schörghuber ein, und Höfl lehnte sich lächelnd zurück.

»Des ist eine gute Idee!«, sagte er, »vielleicht geht dem jungen Mann dann endlich ein Licht auf.«

»Liebe Grüße von der Frau Guindo!«, sagte Rosalind Schörghuber, und Stefan zuckte zusammen, »Sie hat mich angerufen«, sie sah amüsiert in Stefans fassungsloses Gesicht, »wir haben uns nämlich ein wenig angefreundet in der Zeit, in der sie hier war!«

»Sie hat so was angedeutet«, stammelte Stefan und starrte Rosalind Schörghuber an, als wäre sie ein afrikanischer Dschungelgeist, »aber wir hatten nur wenig Zeit miteinander.«

»Sie ist ins Dogonland ausgereist, um sich dort in Ruhe auf das freudige Ereignis vorzubereiten«, berichtete Rosalind Schörghuber, »und sie hofft, dass Sie rechtzeitig zurückkommen werden, um ihre gemeinsamen Pläne verwirklichen zu können, aber« – sie blickte zu Höfl – »das liegt ja außerhalb meines Ermessens.«

Stefan atmete auf. »Gottseidank, dann ist sie ja in Sicherheit!«

»Ja Herrschaftszeiten!«, platzte es aus Höfl heraus, »hat Ihnen eigentlich der Teufel persönlich ins Hirn geschissen, so einen Schmarrn daherzureden!« Er war rot angelaufen, Rosalind Schörghuber lächelte.

»Was haben Sie für ein krankes Bild von der deutschen Justiz«, erregte sich der Oberstaatsanwalt, »dass sie glauben können, wir klagen jemanden wegen Mordes an, bloß wegen ein paar« – nach Luft schnappend suchte er nach Worten – »damischer Urwaldkräutl!«

»Is ja gut, Ludwig!«, beruhigte ihn Rosalind Schörghuber.

»Anzeigen müsste man doch den jungen Mann da«, knatterte Höfl weiter, »wegen Verunglimpfung der Justiz – wenn er nicht selbst dazu zu blöd wär!«

»Ich bin zwar keine Juristin«, bemerkte Rosalind Schörghuber, »aber wo er recht hat, hat er recht!«

»Des ist doch nicht zum Fassen!«, echauffierte sich Höfl erneut. »Die deutsche Polizei entführt ausländische Staatsbürger, um sie in Deutschland vor Gericht zu stellen: Ja, Himmel, Arsch und Zwirn, geht's noch?«

»Ludwig«, mahnte Rosalind Schörghuber, »beruhige dich!«

»Des traut sich ja nicht mal der blödeste Schundroman zu schreiben«, knurrte Höfl, »eine Zumutung ist doch des!«

»Also ich glaub auch«, wandte sich Rosalind Schörghuber an Stefan, »da haben Sie sich a bisserl bluffen lassen!«

»A bisserl ist gut«, blaffte Höfl, »dem guten Mann kann man doch erzählen, dass der liebe Gott kleine Kinder zum Frühstück frisst, und er glaubt's.«

»Aber das mit der Kronzeugenregelung«, wandte Stefan ein, »war nun wirklich nicht völlig aus der Luft gegriffen!«

»Welche Kronzeugenregelung«, rief Höfl, »wenn Sie damit ein Ablassen von einer angeblichen Anklage gegen Sie meinen, dann müssen Sie mir die erst mal auf den Tisch legen, guter Mann, ich seh nirgends nix und keine! Die deutsche Justiz ist nicht so deppert, wie Sie glauben«, fuhr Höfl etwas ruhiger geworden fort, »Sie sind panisch, des ist alles!«

»Ja, aber –«

»Nix aber«, ließ Höfl Stefan erst gar nicht zu Wort kommen, »wieso haben Sie das, was Sie der Frau Guindo erzählt und damit der Frau Tandler aufs Protokoll gesprochen haben, denn nicht der zuständigen deutschen Polizei erzählt?«

»Weil ich dachte, dass die mir nicht glaubt!«, sagte Stefan kleinlaut.

Höfl nickte und sah Stefan bitter an. »Des haben Sie jetzt davon, und des geschieht Ihnen recht! Jetzt können Sie nämlich hier in Stadelheim warten, bis die Sache geklärt ist, aber des haben Sie allein sich selbst zuzuschreiben, sonst keinem.« Er kam wieder in Fahrt. »Wir hätten Sie niemals verhaftet während der Ermittlungen, und auch wenn des nicht mein Fall ist, kann ich Ihnen mit Brief und Siegel sagen, dass niemals Anklage gegen Sie erhoben wird oder worden wäre – wir haben doch keine Willkürjustiz, Herrschaftszeiten noch mal!«

Rosalind Schörghuber nickte. »Des hab ich der Frau Guindo auch gesagt«, erklärte sie, »und da war sie sehr erleichtert!«

Stefan blickte verlegen auf den Tisch.

»Sie haben uns mit Ihrem Verhalten geradezu gezwungen, Sie festzunehmen«, sagte der Oberstaatsanwalt anklagend, »eigentlich müsste man Ihnen die Haftkosten in Rechnung stellen – jetzt übernimmt der bayerische Staat auch noch die Unterhaltskosten für den Herrn, wo sind wir eigentlich! Hotel mit Vollpension – am Schluss kriegen wir noch eine Rüge vom Bundesrechnungshof!«

Rosalind Schörghuber zwinkerte Stefan aufmunternd zu.

»Hauptsache, es klappt rechtzeitig«, sagte sie zuversichtlich, »bevor's bei der Frau Guindo so weit ist!«

Der Countdown

»Wahrscheinlich bin ich der einzige Mensch auf der ganzen Welt, der nichts davon wusste«, zischte Wueleguem, an seinen Jaguar gelehnt, dessen Motorhaube dampfte, »und gerade von dir hätte ich nie gedacht, dass du mein Vertrauen so missbrauchen könntest!«

Hawa Bamia sah ihn an und runzelte die Stirn. Sie standen vor dem Eingang der Entbindungsstation von Bandiagara, und der Schweiß lief beiden in Strömen über das Gesicht. Es hatte seit drei Tagen nicht geregnet, die Luft war schwülheiß und drückend. »Es sollte eine Überraschung werden«, sagte sie matt.

»Du weißt ganz genau, wovon ich rede«, knurrte Wueleguem, »und du bist die Einzige, die es weiß!«

»Manchmal passieren die Dinge eben so«, gab Hawa zu bedenken, »dass man sie nicht so leicht erklären kann.«

»Lass mich mit irgendwelchen Märchengeschichten in Frieden«, herrschte Wueleguem sie an, »sonst werde ich erst richtig sauer!«

»Beruhige dich, Wueleguem«, sagte Hawa und lächelte ihn mitleidig an.

Eine junge, bildhübsche Krankenschwester erschien freudestrahlend in der Tür.

»Und?«, fragte Hawa Bamia.

»Ein Mädchen«, antwortete sie, Wueleguem unverhohlen musternd.

»Erst ich, Wueleguem«, sagte Hawa und versperrte ihm den Weg, »das ist die Regel, oder hast du das vergessen?«

Hawa kam ernsten Gesichts zurück. »Du kannst jetzt noch nicht hinein«, sagte sie, »es geht ihr nicht gut, die Geburt war ein wenig kompliziert.«

»Dann bring das Kind zu mir raus«, sagte Wueleguem gepresst.

»Das geht nicht«, sagte Hawa apodiktisch, »es muss jetzt bei der Mutter sein.«

»Ich will das verdammte Kind sehen«, fluchte Wueleguem heiser, »hast du das jetzt verstanden, Hawa Bamia?«

»Willst du meine Tochter umbringen?«, fauchte Hawa ihn an, »ich habe dir eben erklärt, dass deine Frau in einem labilen Zustand ist und keine Aufregung vertragen kann – hast du das jetzt verstanden, Dauda Wueleguem?«

Wueleguem kochte. Er ballte seine Fäuste. »Wenn du mich jetzt nicht sofort da hineinlässt«, flüsterte er, »dann passiert ein Unglück.«

Hawa lachte kurz auf. Es klang bitter. »Es geht nicht«, wiederholte sie, »am besten, du fährst erst einmal zurück nach Bamako.«

Nun lachte Wueleguem böse: »Bist du vollkommen verrückt geworden?«, fragte er. »Ich glaube dir kein Wort, es gibt nur einen einzigen Grund, warum ich das Kind nicht sehen soll«, fuhr er fort und versuchte, Hawa beiseite zu schieben. Sie stemmte sich mit beiden Armen zwischen die Türöffnung und war nicht wegzubewegen.

»Lass mich sofort da rein!!«, schrie er.

»Was ist hier los?« Der Arzt kam ärgerlich herbei.

»Ich will sofort meine Frau und das Kind sehen«, hechelte Wueleguem mühsam beherrscht, »sonst schlage ich diesen verdammten Laden hier kurz und klein, haben Sie das verstanden?«

»Was sind denn das für Töne?«, fragte Dr. Samba Traoré verärgert und bemerkte Hawa Bamia, die hinter Wueleguem stand und verzweifelt Handzeichen gab, »hier in diesem Haus bestimme ich, was passiert, und sonst niemand, haben Sie das verstanden?«

»Halt die Fresse!«, schrie Wueleguem und schlug dem Doktor so heftig ins Gesicht, dass der zur Seite taumelte. Er riss den Vorhang auf und stürzte auf Fatoumata und das Kind zu.

Der Fluch der Dogon

»Für mich ist es absolut klar, dass er sie umgebracht hat. Wieso sollte sie bei der Geburt sterben?« Stefan saß mit Mamadou im Taxi vom Flughafen Senou nach Bamako-Mitte. Es regnete in Strömen, donnerte und blitzte. Abwesend starrte er auf die spiegelnasse Straße.

»Das kommt oft vor hier in Mali«, sagte Mamadou, »man wird es nie beweisen können.«

»Das Schwein«, sagte Stefan, »man sollte ihn selbst umbringen!«

»Das würdest du nicht überleben!«

»Ich habe nicht vor, ihn umzubringen, ich will nur mein Kind haben!«

Sie fuhren auf die alte Brücke. Stefan sah auf den Fluss und lächelte traurig. »Hätte nicht gedacht, dass ich so schnell wiederkomme, und vor allem nicht unter solchen Umständen!«

»Du kannst es nicht mehr ändern«, sagte Mamadou.

Das Taxi hielt vor dem Hotel *Djenne*, einer touristischen Hochburg, allerdings nur für Besserverdienende, streng im traditionellen Stil gebaut mit garantiert einheimischem Baumaterial.

Im Saal Amadou Hampate Ba nahmen Dauda Wueleguem und Hawa Bamia Kondolenzbezeugungen entgegen.

»Bin gleich wieder da!« Stefan schlug die Taxitür zu.

»Viel Glück!«, rief Mamadou ihm nach, aber Stefan hörte es nicht mehr.

Als er durch den sintflutartig herabstürzenden Regen zum Eingang hastete, schlug so nahe neben ihm ein Blitz ein, dass er zusammenzuckte, und als er die Tür öffnete, explodierte der dazugehörige Donner, sodass alle Anwesenden gezwungen waren, seinen Auftritt zur Kenntnis zu nehmen.

Augenblicklich verstummten die ohnehin nur spärlichen Gespräche. Dauda Wueleguem wollte aufstehen, aber der hinter ihm sitzende, wieder in dunkles Blau gekleidete Yiribere Wueleguem flüsterte ihm leise zu: »Lass ihn!«, und er gehorchte reflexartig.

Langsam ging Stefan durch den mit beigen Naturstein-Kacheln gefliesten Raum, an dessen Seiten in großen Tontöpfen kleine Palmen standen. Seine Schritte klackten hallend. Aller Augen waren auf ihn gerichtet.

Vor Hawa Bamia und Dauda Wueleguem angekommen, blieb er stehen, sah aber nur sie an und sagte: »Guten Tag.«

Sie erwiderte den Gruß mit einem angedeuteten Kopfnicken, während Wueleguem sich aufrichtete.

»Wo ist mein Kind?«, fragte Stefan und sah Hawa Bamia direkt an.

»Das ist ja nicht zu fassen!« Wueleguem sprang auf.

Im selben Moment stand auch Hawa Bamia auf. Sie verließ den Raum durch eine Tür, die in einen Vorraum führte.

»Verschwinden Sie hier«, rief Wueleguem mit bebender Stimme, »Sie sind an allem schuld.«

»Sie haben Fatoumata umgebracht«, sagte Stefan kalt. Wueleguem ballte seine Fäuste. In diesem Moment öffnete sich die Tür, und Hawa Bamia kam zurück. Sie trug das Kind auf dem Arm. Stefan nahm es entgegen.

»Das«, rief Wueleguem, »kommt überhaupt nicht in Frage!« Er versuchte, nach dem Kind zu greifen. Die Kleine wachte auf und begann zu weinen. In diesem Moment fiel der Strom aus. Sofort leuchteten einige Taschenlampen auf.

Stefan, der das Baby im linken Arm trug, wich Wueleguem aus und stieß ihn heftig von sich weg. Wueleguem taumelte zurück, kam ins Stolpern und stürzte, dabei prallte sein Kopf auf die Natursteinfliesen. In diesem Moment erleuchtete ein gewaltiger Blitz den gesamten Saal, und man konnte sehen, dass sich eine Blutlache um Wueleguems Kopf gebildet hatte. Reglos lag er da.

Stefan war schon auf dem Weg zur Tür. Der Donner entlud sich in gewaltigen Schlägen, und niemand machte auch nur die geringsten Anstalten, Stefan am Verlassen des Saales zu hindern.

Das Prinzip Hoffnung

Die Nachmittagssonne flimmerte verschwommen über der Rue Nelson Mandela in Madagaskars Hauptstadt Antananarivo. Seit Neuestem befand sich am Rande der Innenstadt eine kleine Schreinerei mit dem Namen *Menuiserie d'espoir*, Schreinerei der Hoffnung.

Während dieser Name nichts Besonderes war, unterschied die Schreinerei sich von den Geschäften der Umgebung: Ihr Chef war ein Weißer, schlank, etwa einen Meter achtzig groß, fast kahlköpfig, stark braun gebrannt, aber eben weiß. Zwar trug er die landesübliche Kleidung – leichte, luftig geschnittene, meist einfarbige Baumwollstoffe aus heimischer Produktion –, zwar arbeitete er wie die Kollegen um ihn herum an alten Maschinen und stets begleitet von krächzender Radiomusik, aber oft genug hielten Passanten oder gar Autos an und erkundigten sich, was es mit diesem Weißen für eine Bewandtnis habe. Sie waren allerdings schnell zufriedengestellt, wenn er ihnen erklärt hatte, dass er diese Arbeit mache, weil er sie liebe, und dass er sie hier mache, weil er dieses Land liebe, und dann gaben sie ihm die Hand und zogen weiter.

Er legte seinen Hobel nieder, weil er ein Geräusch gehört hatte. Es war das Weinen eines Babys, das aus dem geöffneten Fenster des zur Schreinerei gehörenden Hauses drang. Schnell wischte er sich seine Hände mit einem Tuch sauber und verschwand im Haus.

Als er wieder herauskam, trug er ein Baumwollbündel in der Hand, aus dem nur ein tränennasses Gesichtchen hervorsah.

»Alles wird gut«, murmelte er zärtlich und küsste die winzigen Augen, »ich bin bei dir, meine süße, kleine Fatoumata.«